奇蹟晚餐

瑞貝卡・瑟爾 著

胡訢諄 譯

Rebecca Serle

The DINNER LIST

獻給我的外婆Sylvia Pesin。她教導我，親愛的，首先你得愛你自己。

也獻給她的Sam——我名單上的第一人。

巴比倫有幾哩遠？
三個二十加個十。
拿著蠟燭可到得了？
當然，還可以回來。
如果你的腳步輕又快，
拿著蠟燭就可到。

——傳統兒歌

仰望夜空所見的星星，
是沉睡的大象定睛，
牠們睡覺時張開一隻眼，
才能好好看著我們。

——格雷葛里・柯博（Gregory Colbert），
《灰與雪》（*Ashes and Snow*）

7:30 p.m.

「我們已經等了一個鐘頭。」奧黛麗如是說。她的語氣略帶不悅，嘴裡嘟噥著。我首先想到的，不是奧黛麗．赫本在我的生日晚餐，而是奧黛麗．赫本很煩躁。

她的頭髮比我腦中一直以來的印象要長。她看起來像穿著套裝，但是下半身被桌子遮住，所以很難判斷。黑色的上衣、奶油色的領子，前面有三顆垂直排列的圓扣。一件開襟毛衣披在她的椅背。

我後退一步，看著所有人。他們圍坐在餐廳中央的圓桌。奧黛麗正對著門，康拉德教授在她的右邊，羅伯在她的左邊。托比亞坐在羅伯的另一邊，而他的左邊是潔西卡。潔西卡和托比亞之間則是等待我入座的座位。

「薩賓娜，我們沒等你，先開始了。」康拉德舉起他的酒杯說。他喝的是紅酒，潔西卡也是。奧黛麗點了不加冰塊的威士忌，托比亞喝啤酒，羅伯沒喝。

「你不坐嗎？」托比亞問我。他的聲音有點分岔，我想他應該還在抽菸。

「我不知道。」我說。我很驚訝我還能說話，因為這太扯了。也許我在做夢。也許這是某種精神崩潰。我眨眼，心想也許當我睜開眼睛，只有潔西卡坐在那裡。本來只有我們。我有股衝動想奪門而出；或者去廁所洗把臉，就會知道他們是否真的都在這裡，我們是否全部都在這裡。

「拜託。」他說。他的語氣流露些許渴求。

拜託。他離開前，那是我說的話。拜託。當時並沒有改變什麼。

我思考了一下。因為我不知道還能怎麼辦。因為康拉德正從瓶中倒出梅洛紅酒，而且我不能光站在這裡。

「嚇死我了。」我說。「現在是什麼情況？」

「是你的生日。」奧黛麗說。

「我愛這家餐廳。」康拉德說。「二十五年來都沒變。」

「你知道我會來。」潔西卡說。「我們只要再多加幾個人的位置。」我好奇她到的時候說了什麼。她是意外還是高興。

「也許我們可以聊聊。」羅伯說。

托比亞不語。那就是我們以前的問題。他是如此樂意讓沉默為他發言。我對他的挫折感大過眼前的不可思議，於是我坐下。

整間餐廳喧嘩不已，用餐的客人絲毫不受當前情況影響。一位父親試著安撫一個幼童；一名服務生正在倒酒。餐廳不大，大約有十二桌。門口有幾盆紅色的繡球花，節日的燈泡在牆壁與天花板的交界閃爍。畢竟現在是十二月。

「我要喝一杯。」我宣布。

康拉德教授雙手一拍。我記得他在下課之前，或要派什麼大作業之前都會如此。這是他的開場動作。「我大老遠從加州來到這個難得的聚會，至少要讓我知道你最近在忙什麼。我連你後來主修什麼都不知道。」

「你想知道我的生活近況？」我問。

潔西卡在我身邊翻了白眼。「傳播。」她說。

康拉德按住胸口，假裝驚訝。

「我現在是圖書編輯。」我有點不服氣。「潔西卡，到底怎麼回事？」

潔西卡搖頭。「這是你的晚餐。」我的名單。她當然知道。我列名單的時候她也在，而且這是她的主意。列出五個你想共進晚餐的人，活人或死人。

「你不覺得很扯？」我說。

她喝了一口酒。「有點。但瘋狂的事情每天都會發生，我不是常常這樣跟你說？」

我們住在一起的時候，二十一街那間擁擠的公寓，到處都是她貼的勵志標語。浴室鏡子、放電視的宜家書桌、門旁邊。擔心就是祈求你不想要的東西。人一打主意，上帝就發笑。

「大家都到了嗎？」羅伯問。

奧黛麗轉動手腕。「我希望是。」她說。

我喝口酒。我深呼吸。

「是。」我回答。「都到了。」

他們看著我，五個都是。他們一臉期盼，充滿希望。他們看來就像我應該告訴他們，為什麼他們在這裡。

但我做不到。現在還做不到。所以我先打開菜單。

「我們來點餐吧。」我說。於是我們點餐。

一

我第一次見到托比亞，是在聖塔莫尼卡碼頭的展覽。四年後，我們的地鐵困在第十四街，於是我們交換名字，接著跨過布魯克林大橋第一次約會。我們的故事前後正好十年，直到我們結束當天。但是就像有人說過，看見事情的起點容易，看見終點較難。

當時我還是大學二年級。我修了康拉德的哲學課。課程部分內容是由學生每週輪流安排田野調查。有人帶我們去好萊塢的標誌；有人帶我們去穆荷蘭一間荒廢的房屋，據說是某個我從沒聽過的建築師設計的。我不太確定那樣有什麼意義，除了康拉德自己承認，他想要離開教室。「學習不是在這種地方發生。」他常這麼說。

輪到我的那天，我選了《灰與雪》的展覽。幾個上週末剛去的朋友告訴我這個展覽。兩座巨大的帳篷矗立在聖塔莫尼卡碼頭旁的海灘，藝術家格雷葛里．柯博正在展示他的作品——寬闊、美麗的攝影圖像，關於人類與野生生命和諧共存。二〇〇六整年，日落大道都架著一個超大的告示牌，上面是一個小孩對著屈膝的大象閱讀。

當時是感恩節前一週。我隔天要飛去費城和我母親的家人過節。我媽在考慮搬回東岸，她是東部人。從我六歲起，也就是從我父親離開之後，我們一直住在加州。

我緊張死了。我記得當時一直咒罵自己，事情明明這麼多，還報名規劃這個活動。我和安東尼在吵架——我那分分合合、主修商業的男友。他根本很少離開兄弟會的會所，除了「環遊世界」的派對，而且因為混了太多酒，最遠只旅行到廁所。我和他的關係非常空虛，絕大部分只是傳傳簡訊，不然就是晚上喝醉後湊在一起。事實上我們在等待機會。他大我兩屆，是大四生，已經有個工作在紐約等他。我隱約在想，像我們這樣玩玩，也許會假戲真作，當然我們從來沒有。

《灰與雪》果然驚為天人。室內空間充滿戲劇張力，同時寧靜莊嚴——彷彿在懸崖邊緣練習瑜珈。

我們這群學生團被展覽的規模迷住，一下就散開。一個孩子親吻一頭獅子，一個小男孩與一隻山貓共眠，一個男人與鯨魚同游。然後我看見他，站在一張照片前面。想起那張照片，我只記得心瞬間被人拉扯，力道之大，不得不後退一步。那張照片是一個雙眼閉上的小男孩，背後有對展開的老鷹翅膀。

我不由得驚嘆，對於照片、圖像本身，還有這個男孩。這個站在照片之外的男孩。褐色的蓬鬆頭髮、垮褲、兩件疊在一起像泥土的棕色襯衫。我沒有馬上去看他的雙眼。我還不知道那雙眼睛是最燒灼的綠色，像寶石一般，銳利得將你穿透。

我站在他旁邊。我們沒有看著對方。四分鐘、五分鐘，也許更久。我無法分辨我看的是他，還是那個照片裡的男孩。但我感覺我們之間湧進洪流，周圍的沙也彷彿受到衝撞揚起。一切似乎凝聚成一點，在這美麗微妙的瞬間，沒有分別。

「我已經來四次了。」他告訴我，眼神仍然盯著前方。「我捨不得離開這個位置。」

「他好美。」我說。

「整個展覽都很棒。」

「你還在讀書嗎？」我問。

「嗯哼。」他說。他看了我一眼。「UCLA。」

「南加大。」我告訴他，同時指著胸口。

如果他是別人，例如安東尼，就會皺起臉。他會說起兩校的競爭關係。但我甚至不確定他知道這個我們應該聊的老哏——特洛伊v.s小熊。[1]「你主修什麼？」我問他。

他指著帆布。「我是攝影師。」他說。

「哪一種？」

1 特洛伊與小熊分別是南加大與加州大學洛杉磯分校學生的暱稱。

「我還不確定。現在我的專長就是什麼都不太專長。」

他笑了，我也是。「你謙虛了。」

「哪裡？」

「我不知道。」我說，眼睛回到照片。「我就是覺得。」

一群少女在附近徘徊，直盯著他。我看著她們，她們隨即竊笑散開。我不能怪她們。他很帥。

「你呢？」他問。「我來猜猜。表演？」

「哈，差多了。傳播。」我說。

「很接近。」他伸出食指，指著我的胸口。我想永遠抓著不放。「總之，是個不錯的技能。」

傳播最重要的，就是聽見沒有說出來的話。

「我媽是這麼跟我說的。」

他接著轉向我，他的雙眼正對我的雙眼。那是解鎖的鑰匙，門應聲打開。我只能如此形容。

一陣風吹來，我的頭髮飛揚。我的頭髮當時比較長，比現在還長。我試著撫平頭髮，但就像試著抓住蝴蝶，不斷撲空。

「你看起來像頭獅子。」他說。「真希望我帶了相機。」

「太長了。」我說。我臉紅了，我希望頭髮蓋住我的臉。

他只是對著我笑。「我得走了。」他說。「但我不想。」

我看見康拉德站在他的身後，對著我們這團的四名學生，講解一張幾乎真實比例的長頸鹿照片。康拉德對我揮手。「我也是。」我說。「我是說，我也不想。」

我想多說一點，或我希望他多說一點。我站在原地不動，等他問我電話，或任何資訊。但他沒有。他只是稍微向我揮手致意，然後往康拉德的方向走出帳篷。我連他的名字都不知道。

我回到宿舍，潔西卡也在。整個南加大校園的大二生就只有我們兩個還住在學校宿舍。因為比較便宜，而且我們都沒錢搬走。我們沒有其他同校學生那種橘郡或好萊塢的銀子。

那時候的潔西卡有一頭棕色長髮，戴著大眼鏡。她幾乎每天都穿飄逸的長洋裝，冬天也是，即便最冷到零下負十度也不例外。

「展覽如何？」她問。「今晚你想去皮卡普嗎？[2]蘇密爾說他們要舉辦海灘主題的派對，但我們不一定要穿成那樣。」

---

2 Pi Kapp，一九〇四年成立於南加州的兄弟會。

我丟下包包，窩進客廳椅。我們的空間放不下沙發。潔西卡坐在地上。

「也許吧。」我說。

「打給安東尼。」她站起來關掉正在響的快煮壺。

「我覺得我不想繼續和他在一起了。」我說。

我可以聽見她倒出熱水，撕開茶包。

「你說你『覺得』，那是什麼意思？」

我抓起牛仔短褲的鬚鬚。「今天展覽有個男的。」

潔西卡拿著冒煙的杯子回來，她遞茶給我，我搖頭。「快說。」她說。「班上的人？」

「不是，他剛好在那裡。」

「關他什麼事？」

「他是個攝影師。他讀UCLA。」

潔西卡吹著她的茶，坐回地上。「所以你要和他交往嗎？」

「不是，我連他的名字都不知道。」

潔西卡皺起眉頭。她這輩子就只有一個男朋友，叫蘇密爾．貝迪。這個男人幾年後會成為她的丈夫。我不覺得他們的戀情特別浪漫，現在還是不覺得。他們兩人大一都在同一間宿舍。他邀她去兄弟會的聚會，她說好，於是他們開始交往。一年後他們上床，對兩人來說都是第一次。她不會談到他就淚眼汪汪，但他們也很少吵架。我懷疑那是因為他們兩人都喝不多。話雖如此，她個性浪漫，而且相當好奇我的感情生活，什麼細節都想知道。我發現自己有時為了多說一點給她聽而誇大事實。

「我就是不想繼續和安東尼在一起了。」我要怎麼解釋發生什麼事？我瞬間就把心給了一個陌生人，而且可能不會再見？

她把茶杯放到茶几上。

「好吧。」她說。

「那我們就要把那個男的找出來。」

我瞬間感動不已。那就是潔西卡，她不需要方法，只需要理由。「你瘋了。」我告訴她，然後站起來，望著二十層樓高的窗外。在校園來回走動的學生像被派去出任務的白鐵玩具兵，從高處看來井然有序，朝著目標前進。「他甚至不是南加大的學生。不可能的。」

「有點信心。」她告訴我。「我想你的問題就是你不相信命運。」

潔西卡來自密西根的保守家庭。我會看著她逐漸進化，從中西部的基督徒變成自由奔放的嬉皮，然後，許多年後，忽然轉為東岸的保守派。

一個禮拜前，她回家的時候帶了一疊雜誌、紙張、彩色鉛筆。「我們要來製作夢想看板。」她當時宣布。

我看著那些東西，接著轉身回到書上。「不，謝了。」

潔西卡一直在上這種心靈成長的課程，某種類似東尼．羅賓斯[3]「釋放內在力量」的繼子，講師是個幫自己取了印度名字的女人。

「你連一次都沒跟我練習過。」潔西卡攤坐在地上的枕頭。

我打量她。「你有什麼比較不浮誇的嗎？」

她的眼睛一亮。「霜妮要我們列出五個人，活的或死的，想要共進晚餐的人。」她翻找她的工具包，拿出一疊黃色的便利貼。「不浮誇。」

「這麼做會讓你開心嗎？」我問，同時闔上書本，任她擺布。

「大概一個小時。」她這麼說，但我能看到她眼中的火花。我從不答應這類的事，雖然她不斷問。

接著她講了一堆，關於這個練習，關於其中的意義，關於把這個虛構的晚餐當成你必須面對與處理的內在，吧啦吧啦……我沒真的在聽，直接開始擬名單。

最初幾個簡單：奧黛麗．赫本，因為我是個十九歲的女孩；柏拉圖，因為我讀過四次《理想國》，非常嚮往，而且康拉德教授常常提到他的貢獻。我想都沒想就寫下羅伯的名字，一看見他的名字，馬上又想劃掉。但是沒有。他還是我的父親，即使我幾乎不認識這個人。

還有兩個。

我愛我媽媽的媽媽，她的名字是席薇雅，而且前年去世了。我想念她，所以寫下她的名字。第五個我想不出來。

我望向潔西卡，故意用紅色和金色的鉛筆在一張蠟紙寫下名單。

我把蠟紙遞給她。她看了名單，點點頭，還給我。我把名單塞進口袋，回到書本。她似乎滿意了。

但此時此刻，關於托比亞，她不滿意。「我真的相信命運。」我告訴她。我以前不信，但現在信了。這件事情很難解釋。關於愛與生命這樣龐大的想法，如何站在他身邊不到十分鐘就鞏固成形。「我不該說話的，好蠢。那是重要時刻。」

但那是我想繼續延續的時刻，於是我們開始搜尋。我們在網路上找不到他（在臉書搜尋「綠色眼睛」和「UCLA」毫無結果，而且我覺得他不是那種會建立個人檔案的人），所以我們開著蘇密爾在高速公路上跑不到四十哩的豐田卡羅拉，前往UCLA校園。

「我們到了之後，你有什麼打算？」我問潔西卡。「大喊『褐色頭髮的男孩』？」

「放輕鬆。」她對我說。「我才不會大喊。」

---

3 Tony Robbins，美國作家、演說家，作品關於潛能開發與成功人生。

她把車停在西木，接著我們走向校園北邊的排屋和學生公寓。房屋沿著日落大道兩旁的林蔭，延伸到無懈可擊的貝萊爾山（Bel Air）。我跟在後面，內心感激今天天氣晴朗，周圍人來人往，我們完美融入。

「我知道我們不該這麼說。」我說。「但是ＵＣＬＡ比南加大好多了。」

「只是地點。」潔西卡說。她停在一排校舍前方的布告欄。圖書館？我也不確定。

「啊哈。」她說。「果然如此。」

我靠得更近。那是社團的布告欄。美食社、詩社。我跟著潔西卡的手指。她的手指輕輕點了一張黃色傳單。「攝影社。」我唸了出來。

潔西卡大喜。「不客氣。」

「你真厲害。」我說。「但這不代表什麼。他可能沒有參加。他看起來不太像是會去社團的人。而且我們要怎麼做？闖進他們的會議？」

潔西卡翻了白眼。「跟你的負面性格一樣棒的是，他們下週二開放參觀，所以你可以直接進去。」

我搖頭。「如果他在那裡，我會像個瘋子。」

潔西卡聳肩。「或者你會從此幸福快樂。」

「對。」我說。「二擇一。」但我感覺內心隱約流露興奮。如果我再見到他呢？我會說什麼？

我的肚子咕嚕咕嚕叫。

「要吃漢堡嗎？」潔西卡問。

「當然要。」

我們動身走回車子，但在那之前，我抓了一張傳單塞進包包。

「我什麼都沒看到。」潔西卡說，伸出手臂把我圈起來。

我們回到家，我拿出便利貼，加了第五個人。他。

7:45 p.m.

「有人想吃鯉魚嗎？」康拉德在問。我們還沒點餐，因為大家意見不一。康拉德堅持要分享，羅伯想要各自點，奧黛麗不滿意菜單，潔西卡和托比亞已經吃了兩籃麵包。他竟然還有胃口，想到我就不悅。

「我還在哺乳。」潔西卡對著大家說。「我需要碳水化合物。」

服務生二度過來，我直接點餐。「我要苦苣沙拉和燉飯。」我用眼神向康拉德示意，他點頭。

「扇貝。」他說。「再來點春藥。」

服務生一臉困惑。他開口，又閉上。

「是牡蠣。」奧黛麗不耐煩地澄清。「我也要一樣的，還要苦苣沙拉。」

康拉德教授用手肘推她。「奧黛麗，我從來沒吃過。」他說。

她不感興趣，還是覺得很煩。

大家都點餐的時候——潔西卡點了義大利麵和湯，羅伯點了牛排和沙拉——我忽然想到，我的考慮欠缺周到。我選擇這五個人的時候，完全是為我自己著想。我和他們每個人的問題，我希望他們在場的各種理由。我沒想過他們要怎麼「一起」相處。

我允許自己去瞄左邊的托比亞。我已經知道他會點什麼。我一打開菜單就知道。我偶爾會這樣，現在也是。當我在餐廳，我會快速瀏覽菜單，選擇他會點的。我知道他會點漢堡和薯條，芥末加量。還有甜菜沙拉。托比亞很愛甜菜。他有一段時間吃素，但沒有持續。

「生魚片和扇貝。」他說。

我立刻轉頭看他。他聳起肩膀回應我。「漢堡看起來也不錯。」他說。「但我剛剛吃了很多麵包。」

托比亞有一套奇怪的方式維持健康。有時候我覺得他著迷於維持骨感，也許那樣他看起來就會像個挨餓的藝術家？他不健身，也不跑步，但有時會跳過正餐，或者帶著一臺新的果汁機回家，宣布他再也不吃加工食物。他是烹飪天才。生魚片。我早該想到。

服務生點完我們的餐，接著奧黛麗傾身向前。我第一次看見她的眼周細紋。她一定四十好幾了。

「我準備了幾個話題。」她告訴我。她用我們全都非常熟悉的輕聲細語說。她非常優雅、嫵媚。我不得不說，我非常後悔讓她和我們一起坐在這張桌子。她不該在這裡，這是浪費她的時間。

「我們不需要話題。」康拉德無視奧黛麗。「我們只需要葡萄酒和一個主題。」

「一個主題？」羅伯問。他水喝到一半，抬起頭。他是一個矮小的男人，即使坐著也看得出來。我母親比他高了五公分。從幾張舊的照片中，我一直以為自己大概落在中間，但現在看著他，我知道自己完全遺傳了他。

我們都有綠色的眼睛，長長的鼻子，歪斜的笑容，紅色偏棕的鬈髮。他沒有上大學，他家裡的人也都沒有。他十九歲的時候得了結核病，在醫院住了一年半。徹底隔離。他自己的母親也只能隔著玻璃探望他。

好幾年後我媽告訴我那個故事——他離開好幾年後，他死了好幾年後。所以我無法親自問他任何後續問題。我永遠不知道應該賦予他更多人性，還是讓他看起來更模糊、抽象、遙不可及。但我也不知道她是否還愛著他，我還是不知道。

「主題！」康拉德大呼。「我們想個主題。」

「全球慈善活動。」奧黛麗說。

康拉德點頭，從胸前的口袋拿出筆記本和筆。他總是在那裡放著筆記本和筆，以備突然有靈感。以前他上課的時候，有時會隨手拿出來寫。

「茱莉，該你了！」

潔西卡看著他，嘴裡還咬著法國麵包。「是『潔西卡』。」她說。

「對，潔西卡。」

「家庭。」她邊說邊嘆氣。「但我不覺得這有什麼好說。」

「責任。」羅伯加入。我沒禮貌地被自己的笑聲嗆到。責任。也太好笑。

然後是托比亞。他靠向椅背，舉起雙手放在後腦杓。「愛。」他說。他說得如此簡單，如此輕鬆。彷彿理所當然。彷彿那是唯一可能回答康拉德的答案。

但不是，當然不是。因為如果那是答案，我不會要他出現在這頓晚餐。如果愛是真的，我們還會在一起。

我清清喉嚨。「歷史。」我說，彷彿為了對抗。

康拉德點頭。奧黛麗喝了一口飲料。潔西卡不從。

「我們已經談完這個。」她瞪著我和托比亞。「你們不能一直活在過去。」

放手，讓上帝決定。

「有時候不瞭解發生什麼事，就無法揮別過去。」

「發生什麼事？」奧黛麗說。

我的眼睛盯著桌子，但我依然感覺他在看我。我希望他坐在康拉德的位置。我希望我不用聞到他的味道，激動又濃烈的味道；不用看見他在桌底下如此靠近的腳，如果我想，就可以把我的腳靠過去。「所有。」過了一會兒，我說。「所有發生過的事。」

「那麼，」康拉德說，「我們就從那裡開始。」

二

我們跑到UCLA找人後的週二，我人在康拉德教授的辦公室，想為我完全搞砸的筆試要一個C+。我在他的課堂總是表現極差，達不到水準。其實我也不是非常努力。老實說，我自暴自棄。我沒有什麼好理由，除了我已厭倦學校、作業、上課、考試。我再也不想做那些事情，和安東尼的爛戲更沒有幫助。

「也許你選錯主修。」潔西卡告訴我，但已經來不及了。如果要換，我就要再讀三年，但那不可能，金錢上或任何方面都不可能。

「你已經習慣結果無關緊要這種想法。」康拉德說。「在我的課堂，我不相信那是真的。」

「拜託。」我幾乎要流淚。「我能補償嗎？」

康拉德搖頭。「我不接受補償。」

「我不能拿D。」

「你會的。」他說。「事實上，你已經拿了。」

恐懼圍繞我的胃。「我很抱歉。」我囁嚅。

康拉德把一隻手放在我的肩膀，感覺像父親。我不習慣。「你下次考試可以加油，提高平均。」他告訴我。「這不是最終的結果。」

我收拾東西離開他的辦公室，理直氣壯、心煩意亂，而且生氣。我看看手錶。如果現在出發，七點以前可以抵達ＵＣＬＡ的校園。書袋底下撕破的黃色傳單告訴我，攝影社七點之後開放。

我打給潔西卡。「我得讀書。」她說。「但蘇密爾在上課，車鑰匙在我這裡，等你來拿。」

「樓下見。」

四〇五號高速公路塞車。我坐著，在九八．七和公廣電臺之間轉來轉去。他們正在播放特別節目，討論航太總署的規定，還找來一個剛從太空回來的人。「最令我震驚的是，」他說，「從某些度量來看，宇宙其實是無限的。我們怎麼可能理解終點的終點呢？」

我把電臺轉回小甜甜布蘭妮。

傳單上說展覽位在比利．懷德[4]廳。到了ＵＣＬＡ，我先向警衛問路，轉錯幾個彎後，終於在街上找到停車位。我的手錶顯示下午六點五十七分，時間剛好。

我走在通往表演廳的道路與階梯，心臟撲通撲通跳。要是他真的在那裡，我要說什麼？我要怎麼解釋為何出現在那裡？假裝驚訝。有個朋友叫我來。嚴格來說也沒錯。說不定他根本不認得我。

我在包包找到一條唇蜜，塗上之後，深呼吸，拉開門。

展覽布置在舞臺上。輕隔板上懸吊照片，人們拿著裝了紅酒的塑膠杯站在走道。我走向舞臺。目前為止，沒見到他。

「你也是藝術家嗎？」一個長辮子的女孩問。她穿著喇叭牛仔褲和娃娃裝，我認出那是Forever 21的衣服。潔西卡上週末在比佛利購物中心試穿同一件衣服。

我感覺被她識破。「不是。」我說。「我只是來看看。」

她點點頭，喝了一口酒。

「你呢？」

「我的作品在那裡。」她指向左邊遠遠的輕隔板。我看到色彩，超多色彩。

「介意我去看看嗎？」

「只要你別叫我跟你一起去，我的作品沒有我的解說會發揮得更好。」

我離開她，走向舞臺。我快速掃瞄，不在，也不在走道。人不多，大約有三十人。我本

---

4 Billy Wilder，一九〇六—二〇〇二年，美國導演、製作人與編劇家，也是美國史上相當成功，具影響力的導演。

來打算離開，但是新朋友正看著我，所以我決定去看她的作品。

走到一半，我的目光被別的東西吸引。一張人像，看來是部落的人，也許是摩洛哥人。是張半身像，他正在抽雪茄，吞吐瞬間。他的雙眼睜得老大，灰色，臉部的線條就像寫在板子上的粉筆計數。

那是他的作品。我不知道為什麼，但我就是知道。

「請問。」我問一個站在隔板旁邊，穿垮褲和戴棒球帽的年輕人。「這是誰的作品？」他聳肩，然後指著牆壁中間下方一塊飾版。托比亞・索曼。旁邊就是《灰與雪》那個男人的照片。我是對的。

我感覺得到血液沿著脖子竄升。「他在嗎？」我問。

他瞇著眼睛看我。「應該不在吧。」他說。

「有誰會知道嗎？」

他盯著走道，歪斜著頭，對著我剛才說話的女生。「問他女朋友。」他說。

熱。那就是我的感覺。害羞和丟臉。他當然有女朋友，非常明顯，而且認為沒有的話也太蠢了。我想馬上離開。

但是我看到那個男人拍的照片旁邊有個數字。$75。待售。

我沒有七十五元，戶頭只有四十九元，定存大概有兩百元。但我知道我非買不可。他已經是我的了。

我在袋子裡面翻找支票。運氣很好，我剛好帶著。

「我要怎麼買照片？」我問一個站在向日葵照片旁邊的女孩。「我可以用支票嗎？」

「去問珍吉絲。」她指著靠在遠方牆邊的年輕女人。那個女人穿著牛仔褲和錦緞上衣，頂著精靈短髮，一邊講話，一邊揮舞雙手。我走過去。

「我想買那張照片。」我指著托比亞的作品。

她從牆上起身。「成交。」她說。「他的作品挺不錯的，對吧？」

我點頭。

「我想這可能是他賣出的第一張照片。可惜那小子不在這裡。」

我寫了支票給她，決定無論如何要把錢存進戶頭以免跳票。她幫我包裝——牛皮紙和繩子，不是膠帶。「該死！」她說。「我忘了買膠帶。這是我們賣出的第一張照片。」

出去的時候，我對他的女友揮手。她微笑。她的門牙之間露出空隙，反而讓我對他的愛慕更加滋長。

開車回家的時候，我把照片放在副駕駛座。我回到公寓，潔西卡不在。我知道我不會掛起來。後來她問起，我告訴她，他不在那裡，他一定不上社團。

「至少你試過了。」她說。

接下來兩年，我把牛皮紙包裝的照片放在床底下。有時候，半夜我會偷偷把照片從包裝拿出來，雙手拿著，像是什麼偷來的東西。

7:52 p.m.

「歷史。」康拉德邊說，邊拿著筆輕敲桌子。

「有趣的選擇。」

「我以前是歷史老師。」羅伯說。

「當真？」我說。

羅伯的目光停在他的水杯。「教了十年。」他說。

康拉德雙手一拍。「好極了。」他說。「來吧！你可以帶頭。」

「我們應該選擇一個焦點。」奧黛麗說。「什麼年代？美國？歐洲？這太廣泛了。」

「個人歷史。」托比亞在我身旁說，感覺像是我們坐下以來他說的第一句話，雖然我知道不是。我們說了生魚片，又說了愛。

我閉上眼睛。我睜開眼睛。一次一件事情。「哪裡？」我問羅伯。

「謝爾曼奧克斯（Sherman Oaks）。」他說。

「加州。」

他點頭。「我太太——」

「不。」我打斷他。我不想聽他講他的太太，或他的小孩，或他其他的人生。

「我們住在佛雷斯諾（Fresno）。媽直到十年前才搬回費城。這麼多年……」

「我不知道。」羅伯說。

「你知道。」我說。「儘管如此，你從沒想過回來，來看我們，甚至問候？你從沒想過也許你還欠我們一些你發的大財？」

奧黛麗微笑傾身。「朋友，」她說，「我們保持文明。」

「為什麼？」我問。我的雙眼著火，但是對上她溫柔的棕色眼眸，立即軟化退後。

「因為我們連前菜都還沒上。」她妙語如珠。「而且沒有人會跑掉。」

「你死後六個月我才知道。」我說。「六個月。」

「我罪有應得。」他說。

「別那麼說。」托比亞插話。他盯著羅伯的眼神交織著仁慈，以及某種我無法辨識的激動，於是我明白，如同從前無數次，我不懂他的意思。他是同情，還是對抗。

「看。」潔西卡說。「食物。」

三個服務生端著我們的前菜出現。我立刻後悔點了沙拉。沙拉看起來像件現代藝術，菜苗的嫩莖與帕馬森起司的薄片交錯。我心想，托比亞會不會給我一些他的生魚片。他以前會；我沒問，他就會把食物放進我的盤子。

「我非常希望解釋當時發生的事。」服務生上著每個人的前菜時，羅伯開口。

「我們還在聊歷史。」康拉德說。「我想那樣應該無妨。」

我看著桌子對面的他，而他對著我挑起眉毛。「怎麼？」他說。「難道我們都要聊天氣？」

我搖頭，倒不是表達同意或反對，比較像是投降。

「說吧。」奧黛麗說。「我們都在聽。」

「我根本沒有說再見的機會。」他開始。「她把我趕出去。你母親根本不讓我回去。」

「你當時是個酒鬼。」我說。

我從盤裡挑起一根菜苗放進嘴裡，味道就像沙子。

「我當時是。」他說。「瑪希想要再生一個孩子。她想要的生活我給不了。」

「所以你一走了之，然後給了別人？」

「我找到人幫我。」

「那樣很好。」康拉德插話。「男人有成長的能力就該稱讚。」

生命就是成長。如果我們停止成長，就跟死了沒兩樣。

「不是所有的改變都是成長。」奧黛麗說。我抬頭看她，我想謝謝她。

「我不同意。」抗議的是托比亞。「冒險這個行動，就是改變的行動，本身就是進化的行動。當我們進化，我們就成長，而那就是意義。」

「什麼的意義？」

「人類存在。」坐在我身旁的潔西卡說。她舀了一匙番茄濃湯送進嘴裡，在嘴邊前後揮手表示燙口。

我對她拋出厭煩的眼神。有時候我希望她直接就是，什麼都別問，站在我這邊。

「我不是在說我做的事情是對的。」羅伯說。「但那是必然的。當時我只能那麼做。我必須離開。」

「必然。」康拉德重複，但僅止於此。

「我當時五歲。」我說。

「我必須尋求幫助。當時我無法改變眼前的情況。那不是你母親的錯。但就是……沒用。」

「後來呢？」我問。「後來又怎麼了？為何你好點後也從沒想過回來？」

「因為，」他說，「我遇見她，然後我很害怕。」

沒人開口問他害怕什麼。我們知道。害怕失去新的生活，失去健康，失去「她」。他已經失去的一切並不在他的考慮範圍。

「看來一頓晚餐說不完。」我說。

「但是薩賓娜，」羅伯說。自從我們坐下之後，他第一次正眼看我，「我們只有一頓晚餐。」

三

我們被困在地鐵。從五歲開始，我對狹小的空間就非常懼怕。我被鎖在水槽底下的櫥櫃。那是照顧小孩的意外，不是她的錯。只是在玩捉迷藏而門正好卡住。只有那麼一次，但一次就夠了。

我試著用各種方法。深呼吸。保持呼吸道暢通。坐直。保持冷靜。專注在呼吸。瞭解那只是一種感覺，而且你很安全。

這件事情也會過去。

「你還好嗎？」

我們的車廂只有四個人。謝天謝地。雖然是一大清早，而且我還沒喝早上的咖啡，但一上車我就注意到他，還差點掉了我的托特包。一開始我心想那不可能，但確實就是他。他那凌亂的頭髮、破掉的牛仔褲、粗糙的下巴。洛杉磯的《灰與雪》已經過了四年，而現在我們在這個國家的另一邊，紐約，而且感覺自己總算抵達直線的另一端。

紐約的生活不算太壞。我和潔西卡住在一起，我們大學的死黨大衛和艾麗也在那裡。大衛現在是個銀行家，總愛和年紀較大、有權勢、不可能有結果的男人交往。高盛銀行同一批新人當中，僅有三個黑人男性，他是其中之一。他說他反而因此獲得優勢。我從沒看過大衛落於人後；他想要的都會得到，這個城市的男人也不例外。然後還有艾麗。她一直單身，而且幫一個知名的珠寶設計師宣傳。我們經常和他們出去，去看外外百老匯（off-off-Broadway）的戲劇。雖然往往很爛，但只要二十塊。我完成學位，在當一個打算東山再起的時裝設計師的助理。她從九〇年代後期開始就不太重要，但她即將發表新的泳裝路線，這會讓她重回主流。

我離開一年後，她將大紅大紫，我還真會挑時間。但是那個時候，我們在上城狹窄的店鋪後面工作。雖然在漆黑之中揮汗如雨工作八個小時並不令人期待，但我也不想困在地鐵一天。

「我沒事。」我說。

我抬頭看他，希望他認出我，但他的表情沒有變化。他靠著其中一支鐵桿。

「地鐵暫停的平均時間是三分三十五秒。」他拿出手機。「我想你還要再等兩分鐘。你撐得了兩分鐘嗎？」

我無法分辨他是不是在挖苦我。這也是我們兩人之間經常的問題。我要真誠，但不是他給的那種。不用那麼直白。

我聳肩，並示意我旁邊的塑膠座位。我總是覺得當我再次見到他，他也會知道。他會說，是你，就是如此。

他坐下。「你住在這裡嗎？」他問。

「不算。」我說。他面無表情。「我的意思是，我住在雀兒喜。」我胡亂指著外面，不管我們卡住的是哪個隧道。

「雀兒喜。」他複述，彷彿那是外來語言。番紅花。印度尼西亞。

「你呢？」

「威廉斯堡。」他說。

「當然。」似乎正是如此。那些年來，我們為了曼哈頓和布魯克林爭吵無數次。我認為我大老遠搬到這裡，不是住在城外，尤其以前那個時候，但對托比亞而言，布魯克林「就是」城市。那天他會在地鐵裡的唯一理由，在曼哈頓的土壤底下，就是他剛結束一個藝廊的面試，現在正要前往上城，去看惠特尼博物館的攝影展。

「哪一個藝廊？」他告訴我的時候我問他。我知道雀兒喜的藝廊分布。自從去年得知羅伯的死訊，我開始迷上在附近遊蕩。那是我醒腦的方法。倒不是他死了就會改變任何事情，我從很小就再也沒見過他，但不知為何，確實改變了什麼。光是知道，永遠沒有機會了。

我會在帝國餐館吃晚餐，然後散步到第十大道，在二字頭的大道上上下下，哪家藝廊的展覽開幕就往哪家去。藝廊是個免費喝酒的好地方。

「紅屋頂。」他說。

「我討厭那裡。」我不知道自己為何那麼說。那幾個字就脫口而出。雖然那是實話，我討厭那個地方。他們總是展出過分誇張、過度簡化的實驗性藝術。糖果紙做的裸體畫。社會倒閉在流行文化之手。被糖蛀壞。

「太好了。」他說。「我也是。」他微笑，我們看著彼此，於是有枚硬幣投進我心深處的機器，整個事情開始運轉。後來我會回想那個時候，心想如果當時我說謊，事情會是如何。如果當時我告訴他我知道那個藝廊，而且喜歡那個藝廊，我不確定我們還會在一起。

「那你為什麼應徵？」

他聳肩，把頭靠在後面的玻璃窗。「那是份工作。」他說。

「你是藝術家。」當然，我早就知道了。

「是啊。」他說。「我大叫『好餓』還是什麼嗎？」我想那也不難察覺。「你叫什麼名字？」他突然伸直脖子。

我的胸口隆起，鼓漲得忘了我們在地底。互換姓名這件事情讓我覺得，甚至知道，這是某個起點。

「薩賓娜。」我說。

「像那個女巫？[5]」

「哈。不是。像那個模……」

車廂震了一下。我們又開始移動。其實我頗失望。我們正要聊起來。但是當地鐵停在第四十二街，他伸出手。「要不要喝杯咖啡？」他問。

「我工作快遲到了。」我想要真正的約會，而我們快要沒時間了。「喏。」我拿出筆，攤開他的掌心，寫下我的電話號碼。門在他的面前關上。他把掌心貼在玻璃上。*別弄丟了。*我心想。

隔天他打來，當他真的打來，我們就開始了。彷彿我花了四年的時間準備，而且那段時間立刻結束，那段整理、掃除、清潔的時間。所以有了這樣的空間。我們急忙進去，填滿，直到爆炸。

8:00 p.m.

我們無聲吃著前菜。潔西卡一直用她的叉子戳我的盤子。只要坐在我身邊，她就習慣這樣。我一點也不想念。從大一的自助餐廳開始，潔西卡就有個怪癖，總是想要我盤裡的東西。我們住在一起的時候，不管買什麼，後來我總是買足兩人份，現在她的丈夫也是如此。我不確定她曾經踏進雜貨店。

「那麼，你的妻子呢？」奧黛麗問。「你怎麼認識她的？」

「在勒戒中心。」羅伯說，同時緊張地瞄著我。「她也康復了。」

奧黛麗喝了一口飲料。

我把盤子移向潔西卡，心裡重新想著羅伯剛才說的話。關於他為什麼離開，在勒戒中心認識一個女孩，展開新的生活。這些事情我全都知道，但從未聽他親口說過，聽當事人說。

5 指的是一九九六—二〇〇三年的美國影集《*Sabrina the Teenage Witch*》。

「我們瞭解彼此。」他說。「我不知道怎麼和不懂成癮者感受的人一起生活。」

托比亞點頭，而我忽然有種熟悉、強烈的衝動，想要上前揍他。我們在一起的時候他總是這樣，輕易容忍那些困擾我，甚至傷害我的事情。

「你的問題，」他會這麼對我說，「就是你有偏見。」彷彿那是什麼深奧的道理，彷彿那不只是侮辱。

「我能理解。」奧黛麗說。「我從來沒碰毒品，但我看到毒品控制我身邊很多人。真是遺憾。我想絕大部分和缺乏陪伴有關。」

陪伴。讓我靜靜坐在你的身邊。讓我握著你的手並理解。

「你有小孩嗎？」奧黛麗繼續。她舀起一顆牡蠣，但上面細碎的洋山葵掉了。

「三個女兒。」羅伯說。「薩賓娜，當然。還有黛西和亞莉珊卓。」

「亞莉珊卓。」奧黛麗悅耳地複述。

「十七歲和二十四歲。小的那個喜歡唱歌，大的那個……」羅伯的聲音漸弱，然後他搖搖頭，呵呵笑。我感覺內心有什麼拉扯得非常用力，恐怕就要斷掉。

康拉德似乎是唯一注意到的人。「聽起來不太像是道歉。」他說。他喝了一大口酒，靠著椅背。

「不。」羅伯說。「不是。」

「我不想要道歉。」我說。「反正不管你說什麼都無法彌補。」

「為什麼我會在名單上？」他問。他問得如此突然，我差點老實回答。

我把他列入名單的時候他還沒死。我把他留著，因為我想知道，因為我也想問和他一樣的問題。為什麼？

「她希望你嘗試。」潔西卡說得幾近迫切。

「啊哈！」康拉德說。「家庭。」他看著潔西卡。潔西卡拿起水杯猛喝。「挺機靈的。」

她吞下水。「謝謝。」

「你錯過全部的事情，全部的回憶。」我說。「你錯過一切。」

「是。」羅伯翻動嘴唇。他的動作閃過我的心頭，引發某種既視感。桌邊的咖啡；帳單與卡通之間的早餐時光。「你的母親有沒有告訴過你，你出生那晚，我們怎麼帶你回家？」

我聳肩。「我不知道。我不記得。可能吧。」

「繼續。」康拉德說。「我們在聽。」他伸手示意他。

「當時下雪。」羅伯說。

「真美！」奧黛麗說。

「聽起來有點假。」康拉德說。「但請繼續。」

「是真的。那是我們還住在賓州的小農舍的時候。你記得那個農舍嗎？」

「兩隻雞、一頭山羊、三隻倉鼠，因為薩賓娜想要養。」說話的是托比亞。

羅伯看似訝異。他尚未真的認識托比亞。他是誰。我好奇他知不知道。

「對。好吧。總之，我們離醫院有三十哩遠。」

我從我母親那裡聽過這個故事。他說得對。當時遇到暴風雪，他們必須靠邊停，因為路況很糟。我媽在車裡抱著我，而我爸跑去附近的穀倉借電話。暖氣壞了，或者他們沒在車上裝暖氣，我不確定。現在我把兩邊對上了。

「不。」羅伯搖頭。「你母親沒有待在車上。她也進來，我們在那裡度過第一晚，在穀倉。」

「老天爺啊！」康拉德大呼。「薩賓娜說不定是上帝真正的孩子。」

「你借了電話。你在風雪中等了一個小時，然後你開車回家。」我說。「事情的經過不是你說的那樣。」

「我們整晚都在等待風雪停止，而且沒有電話，線路全都斷了。」

「媽沒事為什麼要說謊？」

羅伯的叉子蹭著盤子，瓷器發出「吡—吡—吡」的聲音。「也許她忘了。」

我以為你應該只記得好的事情。當我回顧我和托比亞的感情，我知道我傾向那樣。總是想起最精彩的片段，最美好的時光。那些悄悄潛入的，把我們拆散的，我很容易就忘記。

「你和一個嬰兒睡在地板？」潔西卡問。她的兒子道格拉斯現在七個月大。潔西卡還在哺乳。她很喜歡聊這個。我不介意，或者應該說，我已經習慣了。潔西卡永遠比我還要開放。她會光著上身在我們的公寓走來走去。胸罩導致乳癌，顯然如此。

「那裡有毛毯。」羅伯說。「瑪希整晚沒睡，為了餵薩賓娜。農夫給我們食物和飲料。」

「難道我出生在十四世紀？」

想像剛剛出生的我，裹著麻布，在一處農舍，躺在親愛的雙親臂膀之中。這個畫面有點難以下嚥。我把邊緣的帕馬森起司推向綠葉，整個盛起來，大口嚼著。

「當時我們很快樂。」羅伯說。

「就只快樂一個晚上。」我說。

「一年。」他說。「我們快樂了一年。」

我確實不太清楚嬰兒時期的事。我想我從來沒問，而我母親從來沒主動說。但現在我知道為什麼。

當某人離開，記得快樂的事，遠比回想悲傷的事還要痛苦。

「後來怎麼了？」我問。

「責任。」奧黛麗說。她說的時候看來有點悲傷，於是我心裡記著要聊聊她，問問她的人生。我再次覺得抱歉，把她拉進這裡——我個人的戲。

「責任總是在。」羅伯說。「越來越糟，不見好轉。我們一直吵架。我應該經常在家，但並沒有。她希望我走。」

「你不在家。」

「對。」他說。「我不在家。」

「她再婚了。」潔西卡說。我看著她。她聳肩。「幹嘛？」她說。「她確實再婚啦，而且我覺得她很幸福。」

「是嗎？」羅伯看著我。他看起來充滿希望，那個表情讓我瀕臨崩潰。

「並沒有差別。」我說。

「有，當然有。」托比亞說「表示那不是她唯一幸福的機會，表示也許當時她也不幸福。」

「所以呢？」

「所以你不能只是責怪離開的人。如果兩個人都不幸福，針對那個真的走出門外的人，根本只是劃錯重點。」

「真是討便宜。」我說。

康拉德清清喉嚨。「我們的進度似乎超前了。」

「不可能不超前。」奧黛麗說。現在她覺得有趣，精神來了。

「所有事情同時發生。」潔西卡說。她把手放在額頭，按住不動。

「確實如此，親愛的。」康拉德說。「而且所有事情都在此刻發生，所以我們不妨全都弄個清楚。」

四

他遲到了。我站在布魯克林大橋入口，曼哈頓的一邊。這將是我們第一次約會。他打電話來，問我想不想去散步，所以我們就來了。

那天是秋天，九月二十三日。微涼，不至於冷。但我還是想動一動。等待他來的我非常焦躁。

我們約定的時間二十三分鐘後，他慢跑過來。他從布魯克林那邊過來，臉上帶著不好意思的笑容。

「我們分別在不同邊。」他說。「我應該說清楚才對。」

我們一起相視而笑。我們開始散步。

布魯克林大橋上的景色總是壯觀，但夕陽時分又是特別驚人。彷彿老天把我們放在相反的兩端，所以我們可以相會，然後，那一瞬間，我們周圍的天空從憤怒（紅色、橘色），轉為臣服（藍色、黃色）。

走著走著，他的手不知不覺滑進我的手裡。我心澎湃。

「告訴我你的事。」我說。

「我倒想聽你的事。」他說。

「我沒那麼有趣。」我說。

「才不是。」他伸出空著的手，撥開我臉上的頭髮。「你是世界上最有趣的女孩。」

我嚥了口水。「嗯，我從南加大畢業，然後立刻搬到這裡。我和最好的朋友住在一起。」

「住在雀兒喜。」他說。

「對，住在雀兒喜。我還幫一個瘋狂的時裝設計師工作。」

「你想做什麼？」他問。

「我不確定。」我說。「我想那就是問題。」

他捏捏我的手，我捏回去。「你呢？」

「我找到工作了。」

「紅屋頂？」

他點頭。「我接下那個工作。」他說著，彷彿在告解。

「那很好。」

「是嗎？」

「是呀，離我的公寓只有一條街。」

然後我笑了，對於剛才的言外之意感到害羞。他把我的手握得更緊一些。

「要不要看電影？」他問我。

「好。」

「讓你挑，我請客。」

結果我們跑到威廉斯堡的一家戲院看了《北西北》（*North by Northwest*）。我從沒去過那家戲院。那裡專門用下拉式螢幕播映獨立電影和二輪片，還賣便宜的紅酒與四塊錢的啤酒。我們頭靠著頭，他的手臂圍繞著我。當卡萊．葛倫說「看來唯一讓你滿足的表演就是我死」，托比亞輕輕扶著我的頭，然後吻我。

不是那種狂野的親吻。我們之後會有很多狂野的親吻。那算是個標準。柏油路上的粉筆線。起點。他的嘴唇柔軟溫暖，我記得他的味道像香菸和蜂蜜。我從不知道自己愛那樣的組合，但很快我也開始抽菸，因為托比亞抽菸。那是我們會一起做的事——在我住的地方，沒電梯的公寓五樓，兩人緊緊縮在逃生梯，雙手裂開而且發抖。當時是冬天。他根本就是和我住在一起，而且我們正在戀愛。

8:38 p.m.

「托比亞，你做什麼工作？」康拉德問。他又點了一瓶梅洛，不管奧黛麗假裝抗議，他正幫她倒酒。潔西卡瞄了她的手錶，到處尋找我們的服務生。

「我是攝影師。」他說。

在我旁邊的潔西卡把椅子拉進去。

「從事藝術的男人。」奧黛麗說。「真是可愛。」

「你會和某些高手合作。」托比亞告訴她。

奧黛麗微笑。整個晚上，我第一次發現自己莫名，而且無法控制地，被她吸引。她的嘴唇張開的樣子，微微地，彷彿準備透露古老的祕密。

「鮑伯・維拉比（Bob Willoughby）是我的最愛。」她說。「他幫派拉蒙工作。我們的關係很好。他對光線很有一套。他曾在一大清早拍我。你能想像嗎？每次都是天剛破曉的時候。」

托比亞往椅背靠。他看起來很滿意。我想他曾經對我說過維拉比的這件事。有時候托比亞也會一大清早把我拉出被窩。他總是在追逐光線。

「說真的，威廉．霍頓（William Holden）呢？」康拉德問。「我一直都想知道。」提到她的緋聞戀人，奧黛麗臉紅。她舉起酒杯。康拉德呵呵笑。「很複雜。」她說。

「就這樣？」康拉德問。

「不。」她說。「但淑女不會說。」

「嗯，有時候喝了兩杯，淑女就會。」康拉德說。

奧黛麗假裝遭到輕慢，但我看得出來她不介意。她對他很友善。我看得出來她喜歡他，而且我為此高興——這裡有人能夠讓她開心，逗她發笑。

奧黛麗咳了幾聲。

「你記得最清楚的是什麼？」羅伯問她。

她啜飲一小口酒，認真思考。那個表情很適合她。「孩子小的時候。」她說。「我想要從來只是那樣。真的。當個母親。」接著她停頓，伸出食指。

「等等，你問的是我記得最清楚的，還是我最享受的？」

羅伯一臉困惑。我懂，對他來說，那兩者，當然是一樣的。

「都可以。」他說。

「都是！」康拉德說。

「我很喜歡《第凡內早餐》。」她說。「很多人以為我不喜歡。我從來不懂為什麼。」她開始侃侃而談。她就像一滴染料，開始改變一整缸水。緩慢地，流動地，她也有了顏色。「那部戲很難拍。要我變得那麼外向很難，因為我很內向……」她的聲音漸弱，接著又恢復正常。「但那也許是我最驕傲的作品。對柯波帝[6]來說也是。」

「我就知道。」羅伯說。

「我最愛的是《羅馬假期》。」潔西卡說。「以前我和薩比老是在看。」

「真的。」我說。我記得我們窩在沙發，兩人之間放著燒焦的爆米花。現在感覺是很久以前。

「真是受寵若驚。」她說。「那是我的第一部電影。我想起那個工作總是很高興。謝謝。」

接著，彷彿忽然清醒，她揮揮手。「我佔用太多時間。」

康拉德搖頭。「怎麼會呢！」他說。「我們想聽。」他轉過來看我。

「很有意思。」我說。「我們都是死忠粉絲。」

6 Truman Copote，1924-1984，《第凡內早餐》電影的小說原作者。

托比亞點頭。那是真的，當然。他也是，但誰不是奧黛麗．赫本的粉絲？

「而且我正想說，我們還沒聊到你的全球慈善活動。」康拉德說，同時輕敲筆記本。

「非常博愛。」

「不，不，那只是我們必須做的事情，尤其現在。」

「尤其。」康拉德呼應。

「近年來世界變得黑暗。」羅伯說。

康拉德搖頭。「一直都是。人類現在才開始注意。」

「有天使必有魔鬼。」奧黛麗說。「他們就像ＤＮＡ長鏈，複雜且不可改變地交錯。有時候天使勝利，有時候魔鬼勝利。我們奮鬥的不是天使恆常勝利，而是平衡。就是這樣。」

「就是這樣。」康拉德呼應。

五

以前我們會玩這個遊戲，托比亞和我。一分鐘內用五個詞描述你現在的生活。任何地方他都會問我這個問題。洗澡的時候、早上第一件事情。有時候用簡訊或電子郵件問。有一次是某個下雨的星期天下午，在他的公寓，為了讓我說出想吃披薩還是中國菜。有一次是吵架吵到一半。

「五個？」

我們第一次玩是在初次約會的尾聲，布魯克林大橋、電影、兩瓶便宜的西班牙紅酒之後，他送我回家。在那當下，感覺我們已經跨過每個區域邊界，我們已經旅行很久很久。

他靠過來。我們整晚都在偷親對方。在戲院，當他的手臂環繞我的椅背，手心搭著我的肩膀。在街上。在第八大道的燈光底下。

「告訴我五個。」他說。

「五個什麼？」

「五個詞。」他說。「關於你現在的生活。」

「現在。現在？」

他用食指輕碰我的鼻梁。「現——在——」

「如果我只需要一個呢？」我說。

他靠在我家公寓大門的門縫。龜裂的油漆脫落，掉在他的外套。那是一件羊毛外套，肩膀有些磨損。

「好吧。」他說。「那你的一個是什麼？」

「快樂。」

我們看著彼此。然後他把我拉到角落，雙手捧著我的臉頰，親吻我。

不知為何，我深深記得那個感覺。彷彿他的親吻沒有把我帶上天，而是牢牢種在地上。他的親吻讓我覺得，終於啊，終於，我來到我的歸屬。

「告訴我你的五個。」我貼著他的嘴唇說。

「溫暖。」他說，他的氣息觸碰我的臉頰。「坦然。」他親吻我的眼皮。

我對著他吐氣，抓著他的夾克兩旁，然後拉緊。

「秋天。」我說。

「嗯，秋天很好。」

「起點。」他說。當他說出我的內心感受，簡直荒謬。我是個卡通人物。

「最後一個呢？」我問。

他把我轉了一圈，按在木頭上。當他把手伸進我的夾克，我感覺我的脊椎打直且縮緊。

「現在。」他說。

我們在那個門廊愛撫了很久。等到我搖搖晃晃進門且上樓，天已經亮了。我回家的時候，潔西卡上下顛倒在瑜珈墊上。

「你去哪了？」她問我。

「托比亞。」我說。

她從右邊翻正。「哇！」她說。「現在是早上七點。」

「我們看了一部電影。我們逛了整個城市。」

「你在說笑。」她說。「那已經超越浪漫。我不相信。我不相信是他。」她的目光已經不在我身上，而是定睛在天花板的某個點。「如何？」她問我，眼睛又往下回來看我。

我在她身邊坐下，沒有說話。

「感覺很好，嗯？」她從嘴唇吐氣。

「還有別的。我想我愛上他了。」我說的當然是謊話。其實我早就愛上了。「我買了他的照片。」我繼續說。「記得我去那個攝影社？他們有個展覽。他人不在那裡，但我買了他的照片。我沒跟你說。」

潔西卡盯著我。她搖頭。「這麼長的時間。」她說。「他一直都在。」

「對。」

「那不是很瘋狂嗎？你難道不會納悶怎麼這麼久才找到他？」

我沒有。我只是很高興我找到了。

聖塔莫尼卡和地鐵之間那四年，充滿我魯莽的決定。我搬到紐約部分因為安東尼，那個儘管之前我就覺得應該分手，卻沒分手的大學男友。他畢業後搬到紐約，一年後我也跟來。我的飛機降落沒多久他就和我了斷。公平起見，我們的遠距離戀愛，與其說優雅，不如說失敗。我偷吃。我相信他也是。他剛到紐約，每個禮拜工作一百個小時，拿銀行家的薪水。他和年輕女模上床，把高級美酒的帳單記在高盛名下。我準備在《天際雜誌》當助理，但我大概只做三個月，就跳槽到設計師那裡。那個雜誌的工作根本不是真的工作——薪水可悲得讓我晚上和週末都得兼職當保母。

我抵達後第四天，安東尼和我在華盛頓廣場公園見面。他告訴我，我們結束了。其實他不是那樣說，他說的是「我還沒準備好」。我哭了好幾個禮拜，儘管我不在乎，儘管我知道那根本沒有意義。我聽糟糕的節奏藍調，我瘦了兩公斤，但那不是真的心碎，直到托比亞之前我並不知道。那只是失望。我只是表現失戀該有的樣子。潔西卡和我一起坐在地板，烤布朗尼，然後看《北非諜影》，理由是什麼我已想不起來。我們永遠擁有在巴黎的美好回憶？之後我的戀情不斷，每次都有問題。潔西卡安慰又安撫。她對愛情的信仰，就像鯊魚環繞的大海當中漂浮的救生圈。而有時候我討厭她那樣——她那毫無猶豫的信念，所有事情都會解決。但不是今天，今天超棒！

潔西卡盤腿端坐。「這感覺像是起點，對吧？」她說。「聽好了，萬一他就是真命天子？」

對潔西卡而言，每件事情一定都在某種軌道。結婚、小孩、房子。潔西卡依舊和蘇密爾在一起，而且他們共度所有長大成人的階段——初夜、畢業、第一份工作。

但是托比亞和我在一起的前幾年，從來不管我們最後會怎樣，永遠只在乎當下。

我們牆上的一句標語諷刺我：要怎麼收穫，先怎麼栽。

潔西卡將自己從地板撐起來，走進廚房。「我嗅到愛情！」她背對著我呼喊。正是如此。

8:54 p.m.

「我要擠奶。」潔西卡悄悄告訴我。

她抓著西裝外套，底下是腫脹的乳房。「你有帶你的工具嗎？」我問。儘管看過她胸前連著奇怪的管子，像擠乳牛一樣「咻！咻！咻！咻！」擠著她的奶，我還是不知道那個東西怎麼運作，不知道那個東西有多大。

「我悄悄去洗手間。」她說。「我有帶來。」

「你可以那樣嗎？」托比亞問。

我過了半晌才發現他在跟我們說話。原來他聽到我們的對話，他指的是潔西卡起身離去。如果她站起來，而且離開餐桌，她還能回來嗎？

「我漏出來了。」她說。「我想等等就會知道。」

她把椅子推回去，包包甩過肩膀。我們都看著她，但什麼也沒發生。她消失在轉角，接著康拉德開口，我們的注意力回到他身上。

「我想我們的主題有點變調。」康拉德說。「等待主菜上桌之前，我們來玩個遊戲。」

托比亞把手肘撐在桌上。

「但是我們正要談到優質的事物。」他說。「就快談到愛。」

「我們最好慢慢進入那個主題。」康拉德說。「我們一直在談，而且我們也會繼續談。」

「好吧。」

奧黛麗抿起雙唇。她把手放在康拉德的上臂，他立刻住嘴。「你們兩個怎麼了？」她問。她對著托比亞和我說話。

托比亞看著我。自從我們坐下，這是我第一次容許自己注視他的眼神。

「我想，我們要的東西不同。」他說。

我把眼珠轉到桌面，以免自己翻白眼。他馬上就踩到我的地雷。我可不會客氣。「不是那樣嗎？」他問我。

「我們要的東西不同？你認真的？」

托比亞的雙手在胸前交叉。「我不知道。」

「我們兩人什麼都想要。」我說。「那就是問題。」

「那一點我從來沒有問題。」

「有，你有。你記得在蒙托克（Montauk）那天嗎？你告訴我，我們不該為某事吵得很凶。」

「對。」他說。「我依然如此相信。」

「那你怎麼覺得我們可以？」

「可以什麼？在一起？」

我點頭。

「因為，」他說，「我覺得可以。我只是不能接受你那麼可悲。」

奧黛麗揮動她的手。「抱歉。」她說。「這是特殊情況。也許我們太快切入核心。」

托比亞搖頭。「過去是這樣，現在也是這樣。」

過去。我想說另一件事，但我住口。因為我不確定想不想現在搬上檯面。這種熟悉的感覺、遲疑的感覺。和托比亞交往，有幾次感覺就像在玩疊疊樂。我可以說多少？如果我透露這件事情，整座積木會不會倒塌？如果我告訴他我真正的感受，會不會就是我最後一次抽積木。我既害怕又興奮，因為每次我又抽一塊，而整座積木還立著，我的感覺就像贏了。我不記得的是，遊戲過程的某個點，整座積木倒了。每次都是如此。那是遊戲結束的唯一方法。

那我為什麼繼續玩，明知最終我會得到一堆散開的積木？

六

我們第一次約會隔天，他出現在我家公寓。當時是下午三點，星期六。潔西卡不在家。她打算花一整天和蘇密爾開車走訪紐約州北，去看他們買不起的郊區房屋。

我坐在窗邊塗腳趾甲油。雖是秋天，卻又重見夏天，而我穿著九分牛仔褲和坦克背心。他按了門鈴，但我沒聽見。然後他叫我的名字。我的臥房面對第十大道，我看見他在五層樓底下，面對陽光瞇著雙眼。

「嘿！」我大喊。

他揮手。

「你要上來嗎？」

他搖頭。「我要你下來。」

「我在塗腳趾甲油。」我說，同時在窗外揮動指甲油，顏色是螢光藍，名叫「夜的賽車手」。

「我等你。」他說。他指向對街。「咖啡。」我看見他走進帝國餐館，坐在靠窗的位置。我移動未乾的腳趾，伸進夾腳拖鞋，衝下樓梯。我穿過馬路找他，心臟在胸口急馳。

「喔，太好了。」我進去的時候他這麼說。他從椅子起身，在桌上放了一張五元鈔票，牽起我的手，接著走到外面。

「我以為你想喝咖啡？」

「我們今天不能窩在室內。」他說。

他把我拉進懷中。和他在一起有時候就像跳舞，華爾滋、疊步，有時候是吉魯巴，永遠是探戈。

「你怎麼會來？」我問，這下有點喘不過氣。

「我想你，而且我覺得那樣很蠢。」

「很蠢？」我從他的懷裡打直。

「對，很蠢。明明就可以見你，為何坐在那裡想你？」

他吻了我。我們開始散步。我不在乎我們要去哪裡，但我還是問了。

「河邊。」他說。「如果你想去？」有時候他會像這樣害羞。有點猶豫，常在最奇怪的時候出現。

我們擺動牽著的手，跑步經過十字路口。我們過了第十四街後轉彎，穿過馬路朝向哈德遜河。

我們快要四點的時候抵達。我沒想到要帶件毛衣。我們直接躺在其中一個碼頭的草皮。托比亞脫下他的運動衫，把運動衫披在我的肩膀，我把手伸進去，聞起來就是他的味道，像香菸和蜂蜜，還有些許海洋微風。「謝謝。」我說。

我一直留著那件運動衫，即使在他離開之後，因為聞起來還是有他的味道。我沒有洗，而且穿著睡覺，但是過了一段時間，開始出現汗臭，以及洗髮精的椰子味，我只好承認那只是件運動衫。他走了。

他背朝地躺下。我也一樣。我們沒有接觸，但我可以感覺他的身體在我旁邊，感覺就像我們兩人同時沉入大地，成為其中一部分。好像我們會在那裡相遇，在純淨、新鮮的土壤中心，事物的起點。

「我愛紐約。」我說。聽起來再普通不過的一句話，確實是我的感受。

「我想我可以住在波特蘭。」他說。「我夢想那樣。起床、健行、做菜、聽雨。」

「穿很多巴塔哥尼亞[7]的衣服。」

「對。」他的手指與我的手指交扣。「就是某個地方，能過真正有品質的生活。某個安

7 Patagonia，巴塔哥尼亞為美國知名戶外服飾品牌。

靜的地方。我愛布魯克林，但有時候我懷疑這就是我的最佳生活。」

「當然不是。」我說。「最佳生活是在摩納哥搭乘帆船，拍攝維多利亞祕密的模特兒。」

「我對商業攝影其實不太感興趣。」

「我希望那是諷刺。」我說。雖然我也懶得轉頭過去確認。

「一半一半。」

那是托比亞會說的話。一半一半。

一開始我覺得那句話很棒。證明他不簡單，他不願把話說死。我以為那表示他看見事物的真理，儘管細微，而且事物細微的部分就是根本的部分。那是一種看待世界的方式，容許些微空間。但是幾年後，我只是開始感到困惑。就像移動的砂石，我再也無法分辨什麼對他而言是真的。當我問他是不是在生我的氣，他說「一半一半」。那是什麼意思？

我在他的運動衫裡打了冷顫。風一陣陣吹來。澤西市在我們眼前從水裡升起。

「我有爆米花機和《羅馬假期》的DVD。」他在我身旁說。「我們走吧！」

他令人難以招架，而且性感。宇宙正在撮合我們，而且，他喜歡奧黛麗・赫本。我感覺自己躲進一個完全不同的現實世界，那種年輕皇族和名流居住的世界。人們永遠面帶微笑，因為哪裡來的煩惱？生活妙不可言。

我們回到他的公寓，位於木點一棟建築的頂樓，琉璃色的牆上掛著巨大、未完成的帆布。

「我的室友是藝術家。」托比亞說。「呃，其中一個是。」頂樓有五個房間排成一排，但只有托比亞和麥提會在家。其中兩個室友是在埃及挖掘的考古學家，我只見過他們一次，就是托比亞搬出頂樓那天。另一個室友（就是藝術家）有個住在綠點、個性嚴肅的女友。此外就是麥提，他是一個沉默、十九歲的學生，在布魯克林大學主修電腦。麥提的家人在他三個月大的時候從多明尼加移民過來，雖然有時他看起來像十六歲，其實他一直給人一種成熟的感覺。托比亞說麥提是他最好的朋友，我後來發現那是真的。他們看起來不像。托比亞沒有耐心而且隨性、天馬行空。麥提依照計畫、安定，而且樂意順從。雖然還在讀大學，他已經在付父母在布朗克斯的房租。

「麥提老弟！」我們走進去的時候他說。「我帶了女生來。」

我推了一下他的肋骨。

麥提把頭從第三個房間伸出來。門上有個牌子寫著「自修中」，旁邊貼著一張照片，是一個女人坐在書桌，兩腿圍繞一個坐在椅子上的男人。我立刻知道那是托比亞買給他的。

「哈囉。」他對我說，伸出手，但沒有從門後走出來。

我握著他的手。「嗨。」

「我們要看奧黛麗・赫本，一起嗎？」

麥提把頭伸得更出來。

「他某方面是隻土撥鼠。」托比亞說。「不是針對你。」

「我喜歡土撥鼠。」我說。

托比亞對我露齒而笑。他伸出手臂繞過我的肩膀，把我抱緊。「我也是，薩賓娜。我也是。」

「我明天有個經濟學的考試。」麥提說。「不過如果你們開正常音量，我就能聽到。」

「一心多用。」托比亞說。「我喜歡。」

麥提關上房門。

「有趣。」我做了嘴型。

「貼心。」他也回我嘴型。

麥提十九歲，我們二十三歲，當時四年的差距感覺像幾十年，那樣的時間允許我們更老、更明智、更滄桑。有時候，我們感覺就像他的父母，雖然我們沒有資格。麥提比我們兩個還要聰明。

「過來。」托比亞說。

他把我拉到他身上。我們開始愛撫。他的雙手找到我的臀部，接著是我的腰。他穿過這兩個部位，伸到我的坦克背心底下。我呼出的氣進入他的嘴巴，輕聲說：「我們來看電影。」

「我們也能一心多用。」他說。他深深親吻了我，接著從沙發上起身，把電影放進去。

我看著他的背。我還穿著他的運動衫，而他只穿一件單薄的灰色T恤。他舉手投足，T恤也跟著伸展，就像舞者暖身。

他從天花板拉下投影機的螢幕，開場音樂正好從公寓的某處湧出。

「電影觀賞，解構。」我說。

他轉身，用滑稽的眼神看我。

「怎麼了，很酷啊。」我飛快地說，他白眼。

「你贏了。」他說。

電影正在播放，但我完全沒看。因為他牽起我的手，帶我穿過走廊，走到第五個房間。小小的房間放著一張雙人床、藍色的床單、書櫃。每面牆壁都被書櫃佔滿。凌亂但可愛。

他捧著我的臉，輕推我躺下。我的頭靠在床上，沒有其他地方可去。

「哇，你看看。」我說。

「是啊。」他說。「你看看。」

9:02 p.m.

潔西卡匆忙回到餐桌，把擠乳器塞進包包。「抱歉，抱歉。」她說。「但我回來了！」

我們的前菜都被收走了（我沒吃到任何生魚片），但奧黛麗說：「我相信我們即將漸入佳境。」她指向桌子對面的托比亞和我。

潔西卡放下她的包包，雙手順著頭髮。

「薩比和托比亞？」

康拉德傾身向前。他指著潔西卡。「你，」他說，「也許是唯一能夠告訴我們這個故事的人。」

「喔，不。」托比亞說。「那我們的麻煩就大了。」

潔西卡假裝生氣地看著他，想到他們以前怎麼相處——我們三人怎麼相處——我的心就糾結。

奧黛麗一臉疑惑。康拉德呵呵笑了。羅伯往後一坐。「為什麼？」

「才不會。」潔西卡說，接著喝了一口酒。小孩出生以後，她又開始喝酒。她瞄了我一眼。「你真的要我說嗎？」

我攤開手。「隨便。」我說。「這個談話已經非常深入。」

「前後十年。」潔西卡謹慎地說。她的眼睛看著托比亞。「非常漫長的過程。我——」她吐氣。「你確定？」

「請說。」康拉德說。「繼續。」

「他們彼此相愛。有時候我覺得那就是問題。太愛了，事情因此變得困難，本來可以不必這樣。」

「有時候愛並不容易。」奧黛麗說。

「那是因為你遇到錯的人。」潔西卡發現自己說的話，隨即瞪大雙眼。她剛才竟然糾正奧黛麗．赫本。

「我想她說得對。」羅伯說。

「看來你非常贊成。」我忍不住。

「你不覺得他們是彼此對的人？」奧黛麗問。

「我覺得是。」潔西卡說。「一開始是。很長一段時間是，真的。但是……他們一直沒有成長。有時候我覺得他們的關係讓兩人一直停在相遇的年紀。」

「你認識蘇密爾的時候才十八歲。」我說。「那不公平。」

「你們一直停留在原地。」潔西卡說。

「為什麼一定要有個目的地？」我問。「難道你不是那個總是說著旅程的人？你以前明明相信那些東西，生命的流動，等等之類的。」

「『生命』是向前移動的。」潔西卡說。「我不是說，你們一定要結婚。我只是說，你們必須進步，但你們沒有。」

我的拇指和食指捏著鼻梁。托比亞轉向我們。「某些方面你是對的。」

「那還用說。」她對他微笑。

「以前我愛她。」他說。他直視我的雙眼。「我整個人生——一直都是她。」

我還沒聽進他說的話，潔西卡插嘴。「我知道，我從不懷疑。」

我想起我們分開那兩年。他去加州，幫某個在聖塔莫尼卡的大人物工作，當攝影助理。

「那又怎樣？」我說。「托比亞自己說了，那是以前。」

「因為，那不正是我們在此的原因？」奧黛麗說。

我環顧餐桌。

「我以為我們都有些必要之處。」我說。「我們都很重要。我們注定要重聚。」

潔西卡大嘆一口氣。「但我不確定你們兩個真的適合。托比亞一直是花朵。」

潔西卡有個理論，戀愛中的人不是花朵就是園丁。兩朵花不能成為伴侶；他們需要某人灌溉他們，幫助他們成長。

「我喜歡那樣的他。」

「那你呢？」奧黛麗問。

「我是園丁。」我說。「那不是問題。行得通。」

潔西卡搖頭。她舉起酒杯。突然之間，她似乎流露悲傷，而且毫不掩飾。「這段關係把你變成園丁。我覺得你是蘭花。」

七

「我覺得你是蘭花。」

那是托比亞曾經對我說的話。當時我們躺在他五房公寓狹小的床，聽著外頭某處播放《羅馬假期》的片尾曲。感覺夢幻、遙遠。麥提走出他的小窩覓食，我聽見他進入開放的廚房，在微波爐周圍跳舞。

「你覺得我是花朵？」

托比亞用手肘撐起身體。他的指尖爬上我的背，越過肩膀，停在鎖骨之間。

「當然。」

「那我們的麻煩大了。」我說。我才剛告訴他潔西卡的理論。我不知道為什麼。有時性愛就會那樣，撫平時間，讓你以為可以走得更遠一點，走到你還沒準備到達的地方。

「是嗎？」他把嘴唇放在手指停留的地方。我耙梳他的頭髮。「感覺不像。」

「嗯，你顯然是花朵。」

「我？」

「你是。而且兩朵花不能在一起。」

我記得當時屏住呼吸。在一起。我太快說出那個詞嗎？我到底是什麼意思？我知道我的意思。我的意思，已經是指一切。我的意思，是居住、工作、創作、呼吸。我的意思，是糾纏我們的生命直到再也無法分開。但認識一個人才七十二小時，那是瘋狂的想法。

問題當然就是我以為我早就認識他，從聖塔莫尼卡那天起。我已經認識他四年了。

「為什麼？」他只是這麼說。

「有花朵也有園丁。花朵綻放，園丁灌溉。兩人都是花朵，沒人灌溉，全部都會凋零。」

「或者蔓生。」他又親了我更多下。那有幫助。

「你剛說這是誰說的？」

「我室友。」

「你室友？」他後退，瞇著眼睛看我。「無意冒犯，」他說，「但那似乎有點太過簡化，並不全然正確。」

「不會冒犯，那不是我的理論。」

「但你相信？」

我躺回枕頭。「是啊。」我說。「我相信。我認為感情當中有兩個角色。」又來了，為什麼我用了那個詞？感情。聽起來非常突兀，卡在我們的對話之間。「一個人是基礎，另一個人往上爬。」

「我從來不想阻止任何人成長。」他說。

「但你不是園丁。」

「我們為什麼不能一起成長？」他看著我，而我知道他指的不是普遍情況、一般通則。我知道他指的是我們。

「也許我們可以。」我說。

我們又做了一次愛，這次不同。第一次好笑、尷尬，而且有點抱歉。第一次做愛經常如此，多做多錯。但這次感覺我們真的非常在意整件事情的意義——兩人合而為一。

之後麥提加入我們的晚餐。這間位於貝得福德（Bedford）不起眼的印度餐廳，賣著最美味的扁豆糊和酸豆泥。之後幾年我們經常光顧。有時是我和麥提，有時是我和托比亞，有時是麥提和托比亞。那天晚上，我們在桌子底下牽手。我們聊著去印度，然後傻笑，因為我們都知道對方在想什麼，我們想說什麼——一起去吧！但儘管我們共度親密的下午，這段戀情還太新。我不想拿未來的承諾來打破魔法，尤其那麼嬌嫩——充滿空氣、雲朵，以及巨大泡泡反射的迷霧，仍需要多加鞏固。

「電影好看嗎？」麥提問。

「深具啟示。」托比亞說，他的拇指同時揉著我的手腕。

「很好。」我說。

托比亞對著我挑起眉毛。麥提撕下一口烤餅。「我不覺得那是她的最佳作品。」他說。有時候麥提對於不需他來費心的事情頗為執著，例如餐廳的評價、幾十年沒人討論的電影。

「不是嗎？」托比亞傾身向前，桌子因為重心轉移而晃動。

「《第凡內早餐》。」麥提說。「那才是經典。」

「你應該知道，某些東西有名，並不代表那個東西很棒，甚至談不上好。」托比亞說。

「當然不是。」麥提反駁。「但是大部分的時候，那個東西受到歡迎是有理由的。受到歡迎代表人們喜歡，而且難道喜歡和品質之間沒有強烈的關連嗎？」

「是這樣嗎？」我問。「我認為可能只是知名的程度。我的意思是，大多數的人是喜歡《第凡內早餐》，還是知道《第凡內早餐》？每個大學女生的房間都有她，呃，她和艾菲爾鐵塔的迷你雕像。」

「還是同一回事。」麥提說。「大多數的人知道《第凡內早餐》，『因為』那是她的最佳作品。」

「那等於說納粹很好，因為大家都知道。」我說。

「我沒說好，」麥提說，「我說厲害。以知名度來說，在歷史上做了記號等等。」

托比亞伸手從後方托住我的脖子。「算了吧。」他說。「麥提不懂怎麼不去贏別人。」

「不是贏。」麥提說。「是明顯的事實。」

托比亞笑了，我也是。麥提對我們有種功用——他可以光是做他自己，就把我們聚在一起。無論是一起討論麥提（他穿的衣服，他和女孩說話的方式），或者他的信念，都不是真的重要。當我們三人在一起，托比亞和我總是站在同一邊。

「你在哪裡認識她？」麥提的頭歪斜向我。

「卡住的地鐵。」托比亞說的時候，我同時也說：「海灘。」

托比亞一臉訝異。「海灘？」

我還沒告訴他我們第一次見面的事。我喜歡自己有個關於我們的祕密。就像我收起來的牌。一張在我手上，當我需要的時候可以打出的牌。我不知道為什麼當時我就這樣丟了出來。但是托比亞的某些特質總是逼我誠實、開放、坦白。誠實第一，永遠誠實。那是他的座右銘。

潔西卡和我二十三歲的時候，我們跑去看尊者達賴喇嘛在時代廣場的演講。那是潔西卡安排的。她在紐約大學的走廊看到傳單，而且買了一些彩券，讓我們不只能去，還有座位可坐。我們大概還是和他相距兩千人，但他散發的能量非常明顯。潔西卡哭了，而我幾乎說不出話。

我記得他說，仁慈先於誠實。

我們被教導，誠實是最重要的美德。說實話，不說謊等等。但是有如此多的例子，有時誠實並不仁慈。有時更仁慈的作為是把你必須說的話放在心裡。

托比亞並不懂。他什麼都告訴我。到了最後，我也是。但是隨著誠實增長，殘忍同樣增長。有時候我覺得我們表現誠實，只是為了看我們能夠傷人多深。

「《灰與雪》。」我說。「我們在男孩和老鷹翅膀的照片旁邊交談。」

托比亞鬆開桌子底下的手。「我不懂。」

「我在地鐵看到你的時候就知道你了。」我說。「我的意思是，認出你。」我伸手耙梳頭髮，感覺雙頰逐漸發燙。「我的話很扯。」

麥提來回看著我們之間，彷彿看著某個體育競賽的最後十五秒鐘。

托比亞靠在椅背，一手摸著自己的額頭。「《灰與雪》？那是……多久？四年前？」

「是啊。」我說。「我念大學。我跟同學一起去。不是什麼大事。」

「是。」他說。「是大事。」

我幾乎要問他是否生氣，但我沒有。

「我不記得。」他總算說了。

我在乎的程度大於外表的樣子。他應該記得；我永遠無法忘記。

「我不確定。」我說。我說謊，但感覺是不錯的讓步。

「但你又那麼說。」

「我想，就是個好笑的巧合。就是那樣。」

「巧合。」麥提複述。「荒謬的想法。」

我們兩人都瞪著他。

「宇宙之間所有事件都是隨機發生。」他說。「沒有什麼秩序可言。混沌是王道。」

「那你為何堅持床單要折成直角？」我聞到放心的跡象。

「因為，」麥提說，「我不能在混亂中思考。」

「活生生的矛盾。」托比亞說，接著他又轉向我。「你喜歡嗎？」

「展覽？」

他微笑。「是的。」

「我超愛。」

托比亞點點頭。「我想我不喜歡。」

「你在開玩笑。」我拌著盤子裡的青豆飯和咖哩。「你說了很多有關攝影的事。」

「真的嗎？」

「空間和自然，還有……我不知道。你當時喜歡那個展，說你已經去了好幾次。」

麥提緩慢地咀嚼他的食物。「他以前的藝術品味很糟，現在偶爾還是。」

托比亞在桌底下踢了麥提。「老弟，拜託。」

「我說真的。」麥提說。「你把湯瑪斯．金凱德（Thomas Kinkade）的海報拿去裱框。我再怎樣也做不出那種爛東西。」

「那是九〇年代我剛成年的時候。」托比亞說。「我當時喜歡迪士尼。」

「真他媽悶。」麥提邊嚼邊說。

「誰是湯瑪斯．金凱德？」我問。

「你知道那些農舍的田園繪畫嗎？後來迪士尼的人物還跑了進去。」

「大概吧。」我不知道。但我喜歡聽他聊那個。感覺就像他的內心開啟極為脆弱的一面，像他身體皮膚尚未完全黏合的一塊。

「我媽以前會把那些畫掛在她的臥房。我不知道。那些畫讓我想起童年。」他看著麥提。「你說完了嗎？」

「還早呢！」麥提說。「但她可以自己發現一些事情。」

「有些女孩覺得我敏感的個性很迷人。」托比亞說，同時伸出手臂搭著我的椅背。

「她不是。」麥提說。「她很聰明。我看得出來。」托比亞瞇起眼睛看他。「這個嘛，我們都同意。」

9:10 p.m.

餐廳生意很好。服務生穿梭在餐桌之間。另一桌傳來香檳杯的碰撞聲。人們在慶祝。他們送來主菜。熱呼呼的番紅花燉飯在盤中擺成完美的小丘；白醬義大利寬麵灑上帕馬森起司和鼠尾草；牛排上面擺著迷迭香幼枝。一切如此井然有序，我後悔我們不是去隨性的義大利餐酒館，在角落的桌子分享食物；葡萄酒溢出酒杯，對著彼此大聲吼叫。這些主餐有些非常熟悉的地方，愉快的感覺，也許本來可以振奮心情。但我想到潔西卡問我生日想去哪裡，而我選了這裡。這是我們認識以來的傳統——生日的時候帶對方出去吃飯。過去這幾年，有太多事情逐漸被遺忘，但這個傳統依然不變。忽然之間，我覺得感激。不管是什麼魔法引領我們來到這裡。

「這看起來很美味。」羅伯說。「你知道我有一次來這裡，跟……，來洽公。」他清清喉嚨。「我記得這家餐廳很好。」

「由衷同意。內人和我過去經常光顧。」康拉德說。

「以前桌巾是紅色嗎？」奧黛麗問。「我記得是紅色。」

「你們全都來過這裡？」我驚訝地問。

「當然。」奧黛麗說。「本來就該約在某個我們都找得到的地方。」她對我眨眼。我又出現剛走進來的那種感覺——對於這裡發生的事情大為吃驚。

康拉德舉起酒杯。「我們來慶祝！」他大呼。

「慶祝什麼？」奧黛麗問。她抓住她的衣領。這裡有點熱，也許酒精終於發揮作用。我們正喝著濃厚的巴羅洛紅酒。康拉德偷偷再點了一瓶。

「共享一頓晚餐。」康拉德說。他聳肩，看來似乎就和任何慶祝一樣美好。

「還有結交新朋友。」奧黛麗補充。

「謝謝你們來。」我說，因為我想不到可以說什麼。

「敬薩賓娜。」羅伯說。他驕傲又遲疑地舉起水杯。

「生日快樂。」托比亞說。

「沒錯！」康拉德說。「生日快樂。」

我們輕敲酒杯，坐在我身旁的潔西卡打呵欠。「我覺得我們正開始聊到有趣的地方。」她說。

「一直都很有趣。」托比亞說。我無法分辨這是不是諷刺；他的語調剛好介於邊界。一半一半。

「我覺得非常後悔。」羅伯說。整桌陷入沉默。潔西卡與康拉德開始撥弄盤裡的食物。

「這裡有很多失落。」奧黛麗說。她伸出手臂，越過桌面，緊握羅伯的手。「某方面來說，我也可以感受自己的後悔。」

「謝謝。」他說。他的聲音聽起來沉重。他清清喉嚨。

「我想，有時候，知道一樣東西的價值，唯一的方法就是失去那樣東西。」這是康拉德說的。

奧黛麗看著他，眼中有種溫柔。過去幾分鐘她的母性激發。

「那麼我們怎麼可能快樂？」托比亞問。

「我們不會一直需要最大程度的快樂。」潔西卡說。

「真令人難過。」我說。

「那是真的。」潔西卡說。她從她的盤子抬起頭。「就像我和蘇密爾共度完美的一天不會讓我快樂。我得到快樂，是因為接受我很少和蘇密爾共度完美的一天。我的快樂是接受在我的生命當中，百分之九十五的時間相當不完美。」

康拉德對她眨眼。「說得好。」他說。他叉起扇貝，送進嘴巴。「美妙！」他喃喃自語。我的手指在他們兩人之間擺動。「你們兩個是我認識最正面的人。大學的時候你給我

C，因為我『忽略欣賞簡單的美，過度複雜化所有事情』。」

「對你來說不是非常正面。」康拉德一邊咕噥，一邊發笑。

「你劃錯重點了。」羅伯說。他正在切他的牛排，於是放下刀叉。

我綳緊身子，他注意到了。

「簡單的美，來自不總是平整的事物。完美之中沒有簡單的美。」

「我不同意。」托比亞說。「對我而言，簡單的美就是自然，而自然如果不完美就什麼都不是。」

我身邊的潔西卡打斷。「喔，拜託。」她說。「那也太普通了。」

「是嗎？我認為事實上那很深奧。」

「不。」她說。「那不深奧。坐在那裡吟詩，歌頌自然與自然的美，還是什麼的，很簡單，但不成熟。你們這些人完全不知道什麼是擁有真正簡單的生活。」

「你來教教我們。」托比亞說。他往後坐，雙手交叉在腹部。他還是沒動他的食物。

我坐在那裡，感覺身體被他們兩人拉來拉去。潔西卡喜歡托比亞，但她不喜歡我們之間的關係。我認為那是因為她不瞭解。比起她生命中的任何事物，我們之間的關係完全不是一條直線。

潔西卡坐直。「真正簡單的生活，意味把你丈夫的鞋子收起來，而且什麼都不多說，儘管你已經提醒過他一千遍，而他出門還是把鞋子放在門口。」

「那聽起來只是退讓。」我說。

「不是退讓。」奧黛麗說。「折衷。」

我們全都轉過去看她。她給我們一個電影巨星閃亮的眼神。「我結過婚，你們知道的。」她說。

「發生什麼事？」我們之中喜愛奧黛麗的人都知道她的兩段婚姻。可能有虐待？或者嫉妒、後悔。她成為母親痛苦的過程——三次流產。一次墜馬導致長年疼痛。對於擁有完美公眾形象的人，奧黛麗的私生活是悲劇。

「我必須削弱我的光芒。」她冷酷地說。「娶一個名人不是件容易的事，但和黯淡無光的人結婚也不是。到了最後，我削弱到熄滅。」

聽到這裡，康拉德笑了。這種反應之於奧黛麗的真情流露非常奇怪。

「你對遣詞造句確實很有一套。」他說，一半也是對著自己。

令我驚訝的是，奧黛麗笑了。「怎麼？謝謝。我一向喜歡寫作。我偶爾也會提筆書寫。」

「我想回應一下折衷的想法。」羅伯說。他的手停在半空中，好像我們人在教室。

「當然。」康拉德說。

「隨便給定一個時間，你怎麼知道什麼是給得足夠，什麼是給得太多？如同奧黛麗會同意，為了結婚而結婚完全沒好處。」奧黛麗點頭。潔西卡稍微移動。

「我認為需要努力。」奧黛麗說。她盛起一小口食物，咀嚼，然後吞下。

「需要多少？」羅伯說。

「我不知道。」奧黛麗說。「我總是給太多或太少，兩者都一樣悽慘。」

「很多。」潔西卡說，語氣有些挫敗。「需要很多努力。」

「你提到你的妻子。」托比亞對康拉德說。「你結婚了？」

「當然。」康拉德說。

「多久？」康拉德放下她的叉子。「三十五年。」

「然後呢？」

康拉德暫停片刻。這個動作我認得。他總是在課堂上這麼做，醞釀戲劇效果。「我們從來沒有同時想要離婚。」

「太好了。」潔西卡說。她翻找包包，掏出一本折到的筆記本。「可惡。」她說，繼續找。

康拉德從外衣的口袋拿出筆，往桌子前方一遞。托比亞把筆傳給她。

她急忙寫下，並且撕下那一頁，塞進口袋。

「那個以前在我們的浴室鏡子寫下『愛是答案』的女孩怎麼了？」我問她。

「愛依舊是答案。」

「不再那麼重要的是問題。」奧黛麗說。

我們會解決嗎？我們可以撐過這次嗎？我怎麼可能和別人在一起？

這些是我以前老問自己的問題。我不斷問這些問題。我在這家餐廳的門口問這些問題，我現在也問這些問題，而他仍坐在我旁邊。

八

「托比亞，這是潔西卡。潔西卡，這是托比亞。」

「大名鼎鼎的托比亞。」潔西卡說。

托比亞歪著頭看她。「我希望那是好事。」

「最好的事。」潔西卡坐在我們起居室骯髒的白色沙發，雙腿盤起，披著超大披肩。那是她前年夏天去新墨西哥靜修的時候買的。我也想去，但沒有錢。露營加上打坐，一週五百美元似乎所費不貲。她賣掉她臥房的冷氣貼補部分費用。隔年夏天，她幾乎完全待在蘇密爾家。

「喔，好險。」他來回看著潔西卡和我。「薩賓娜在我的世界也是大名鼎鼎。」我的胃抽了一下。

「我感覺早就認識你了。」潔西卡說。「我可是搜索隊的隊長。」

托比亞微笑，雖然我無法分辨他是覺得好笑，還是覺得困惑。我用眼神向潔西卡示意冷靜。托比亞並不知道我們跑到ＵＣＬＡ的事。

「我喜歡這裡。」他換了話題，開始打量四周。我透過他的雙眼仔細看了我們的公寓。掛在窗戶、沾上污垢的玻璃吊飾，堆疊的摩洛哥打坐椅墊，亂配一通的窗簾——就像走進水晶專賣店，但是沒有薰香。我們家東西很多。

「我們也喜歡。」我說。

托比亞的左腳輕碰我。因為我們想要獨處的時間，所以離開他的公寓。麥提正在興頭上，說個不停，意思就是不可能把門關上。對我而言，和托比亞做的愛永遠不夠。和以前的男友，感覺則完全不同——我們之間的關係和兩人的音調與共鳴根本是兩回事。不合拍。但和托比亞，則是延長。他做愛的方式就像他活著——親密、激烈、幾近瘋狂。也許那就是衝擊如此之大的原因。每次我們在床上，內心深處，我都有種感覺，那可能是最後一次。

當時我只想把他鎖在我的臥房。週末潔西卡通常在蘇密爾家，我沒想到她會在。

「你們兩個要幹嘛？」潔西卡問。

「沒幹嘛。」我說。「蘇密爾呢？」

潔西卡東張西望，好像非常驚訝蘇密爾不在。

「他要工作。」她說。「嘿！你們要不要吃早午餐？」

托比亞沒說話。「我們吃過了。」我回答。

潔西卡跳上沙發，把自己包進披肩。「外面冷嗎？」

我無法回答，我不知道現在幾度。我們兩個就像無處可去的青少年，完全待在地鐵裡。冷？對我們來說，現在是十一月裡的七月。

「有點。」托比亞說。「穿外套，不用戴帽子。」

潔西卡對他燦笑。「謝謝。」然後對我說：「他比我想得要高。」

我翻了白眼，然後笑了，托比亞也是。

她走進她的房間，從她身後傳來「很高興認識你」！

托比亞的手搭上我的臀部。他推著我，靠在客廳牆上。「這裡不行。」我喘氣。「告訴我哪裡可以。」

我帶他到我的臥房。窗戶大開，又冷又吵。第十大道總是充滿噪音。我關上一扇窗戶，拉起另一扇，只留半吋縫隙。

我轉身發現托比亞坐在我的床上。他抬頭看著兩扇窗戶之間的牆壁。我的胃隨即縮緊，因為我知道他看見什麼。

「那張照片。」他說。

那張照片。一個男人，雙眼閉上，被煙霧團團圍繞。他的作品。那張我買的照片，跟著我經歷兩間學校宿舍，最後來到這裡，紐約。兩年之後從床底拿出來裱框，並且掛上。那張照片像張地圖，像種符號，彷彿預言，而托比亞知道。

「你怎麼……」但那不是問題，不是真的問題。

我愣住，動彈不得。我不知道那是好事，還是結局。如果他嚇壞了？這不就把我變得比跟蹤狂更糟？

「我想我也一直在找你。」他說。他並非對著我說。他對著照片說。於是我走向他。我們第一次在我的床上做愛，感覺像在彌補失落的時光。但是之後，好多年後，我忍不住，不斷回想他說出那句話的樣子，他被什麼吸引。我一直在找你。也許他指的是那個男人。也許他指的是那張照片。也許到頭來根本就不是我。

9:16 p.m.

「我想回去談我出生那天晚上。」關於托比亞的話題太多，我還沒準備處理。我這才明白那比我之前相信得還要複雜，關於他在這裡的理由。

羅伯咬到一半停住。

「當然。」奧黛麗說。「我們這就來談。」她已對主持人的角色從容自如。康拉德刺激；她引導。他們是一隊。而我從他幫她倒酒，她遞麵包給他，看得出他們也感受到這份共同的責任。

「你想知道什麼？」羅伯說。他放下叉子，拿起餐巾輕擦嘴唇。這個動作在我眼裡異常正式。我突然怒火中燒，氣他是如此拘謹的人。如此合宜。我無法想像這個穿著藍色西裝、頭髮灰白的男人，一氣之下把椅子丟出窗外。

但他就是。

「我想知道當時你有沒有生病？」

「有。」羅伯立刻回答，毫不猶豫。「當然。」他一臉疑惑，而我看到桌子對面的康拉德深吸一口氣。

「你想知道是不是你的責任。」康拉德對著我說。「是不是你害他變成那樣。」

「太荒謬了。」坐在我旁邊的潔西卡加入。「怎麼可能是薩賓娜的責任？羅伯是個丟下家人的酒鬼。薩賓娜只是個小孩。」

康拉德什麼也沒說，奧黛麗也是。說話的是托比亞。

「不是你的責任。」他正對著我說。我在桌底下感覺到他的手，但我移開。難道他不知道？難道他不記得他是那個離開我的人？他們兩個都是。

羅伯移動身體。「我會告訴你，你想知道的任何事情。」他說。

我的眼神越過托比亞，看著這個應該是我父親的人。我看見相似的外貌。我們坐得越久，就越明顯。也許是意料之外，才特別顯眼。我母親從沒提過這點。她從沒說過「你的鼻子像你父親」這類的話。雖然，我相信她注意到了。那肯定讓她很受傷。

「我妹妹在哪裡？」我問。妹妹。看看這個詞。

羅伯又拿起餐巾。他要哭了嗎？很難說。我不知道他的意思。

「亞莉珊卓是個矯正牙科醫師，或說她明年就是。黛西在讀電影，她想當導演或作家。她很……」但他停住了。我知道他本來要說「有才華」。他應該能夠滔滔不絕地談論她們；

她們是他的小孩。但我聽了很暈——那些細節，他對於她們的各種瞭解。

「她們住在哪裡？」

「黛西在這裡，在紐約。亞莉珊卓住在加州。她有一個寶寶。」

「她結婚了？」

羅伯點頭。「是啊，她丈夫工作很忙。亞莉珊卓的母親幫忙照顧寶寶。」

「真好。她一定很愛她。」奧黛麗說。

「是男孩。」羅伯說。「奧利佛。亞莉珊卓是個很棒的母親。」他看著我。「如果你認識她，一定會很好。」他沒說出其他的話。他沒說「你的母親不會允許」。他不需要說。

「我想她害怕和別人分享我。」我說，因為我感覺我需要為她辯護。畢竟，她不在這裡。而且她是個好母親，現在仍是。憂心忡忡、工作過度，但是重要的時候都在。食物、住所、關懷。每天她都對我說愛我。無論如何，我一直受到極大的眷顧。無論如何，我的人生沒有他反而更好。

「當然。」奧黛麗說。

羅伯伸手扶著額頭。「她有充分的理由不讓你接近。我不怪她。但你也應該知道這些。」

我想起我們幾乎不談羅伯，我母親和我。如果我對她施壓，會不會有所不同？我應該那麼做嗎？「好吧。」我說。

「我不希望過了今晚，你會覺得她也許是那個壞人。我才是那個壞人。我永遠都是那個壞人。什麼都無法改變這點。」

「那這一切的重點是什麼？」我問。我攤開雙手為做效果。打從我們坐下以來，我第一次想站起來走出門外。我認真考慮這麼做。我也需要抽根菸。托比亞和我分手後，我不斷戒菸，但始終戒不了。我不會一根接著一根，但是壓力大的時候，如果不偷抽一根，似乎就很難撐下去。我的包包底部也有急用的香菸。

「五個。」坐我旁邊的托比亞對我說。他靠到我身邊，小聲地說，但是其他人仍聽得見。

「沮喪。」我說。我對著他說出這個詞。

「很好。」托比亞說。「還有呢？」

「傷心。」我低頭看著我的盤子。「時間。」

「好。」

康拉德和奧黛麗充滿好奇看著我們。我不看潔西卡，她知道這個遊戲。我很驚訝她還主動提供一個。

「回憶。」她說。

「好，回憶。你還要再說一個。」

我吸氣。我想起我們第一次把這個詞加入我們的五個。我在心裡看見那個場景。我知道他也看見了。我不需要說出口。

「愛。」他說。彷彿非常明顯。彷彿不可避免。

「啊。」康拉德說。他往前坐。他的眼睛來回移動，從托比亞到羅伯，到潔西卡，再到我，宛如坐在車裡看著窗外移動的樹木。

「我們到了。」

九

托比亞和我在我家的逃生梯前相擁，兩人之間尚有一根菸。或者我應該說他的指尖之間，但我們兩人一起抽。那是早期。我還沒承認我抽菸。

我們花了一整天逛麥克納利．傑克森（MacNally Jackson）。那是我最喜歡的書店，在市中心。然後我們走到蘇活區，上午十一點左右在班恩買了幾片披薩，但我們整天只吃那些，而現在快要七點。

潔西卡和蘇密爾出去吃晚餐。我很餓，但我什麼也沒說。我不想要因為尋找晚餐而破壞那天下午，而且我知道冰箱裡只有發霉的口袋餅和芥末。

我之後會發現，托比亞對食物不熱衷，雖然他的手藝了得。他可以做出完美的一餐，但他也可以整天不吃東西，直到他的身體開始抗議飢餓。他進食是為了生存。有時候我覺得他因為其他東西依然飽足，沒有多餘空間。

但我不是。我的肚子咕嚕咕嚕。托比亞靠了過來。「那是什麼？」他拍拍我的肚子。很癢。

「飢餓。」我說。

「飢餓聽起來充滿戲劇性。」

「少來。」我警告。我逗著玩的。我們剛開始玩這種親密，而且假裝很煩，我的內心因此感到特別雀躍。

托比亞捧著我的臉，親吻了我。「我有責任餵你。我們去吃晚餐。」

他捻熄香菸，從窗戶爬回去，伸手幫我。香菸進了垃圾桶，我們一前一後走向門口。

「你想去哪裡？」我問，同時尋找掉在玄關長椅後面那隻孤單的UGG雪靴——如果稱得上是玄關。那裡就是一面牆壁和一把長椅，底下有幾雙靴子，還有一個雨傘架。

托比亞把腳伸進球鞋。「附近有家我很喜歡的餐酒館，我想帶你去。」

不管他喜歡什麼，我都想知道。「聽起來不錯。」

我找到雪靴，但決定放棄，改穿黑色的娃娃鞋。這種輕便的鞋子對外面的天氣來說有點太冷，但是我要和托比亞去吃晚餐——誰會在乎腳冷？

我們在佩瑞街轉彎，馬上就抵達一家位於哈德遜、可愛的餐廳，有個綠色涼棚，大約只有十或十二張桌子。門前放著盆栽和一把小小的籐編長椅。

「我去登記。」他說。

我坐在長椅上。紐約的風比天氣還糟糕，咻咻吹著我，我拉緊風衣外套。我後悔沒戴帽子，沒穿別雙鞋。

我透過玻璃窗，看著他和一位美麗、二十幾歲的服務生說話。他說了什麼，然後她笑了，伸手把頭髮塞進耳後。她點頭，而托比亞轉向門口，探出頭來找我。

「現在可以入座。」他說。

我感覺像個女主人，毫無疑問被他吸引——他磁鐵般的魅力。

我們走進餐廳，坐在靠近廚房的座位。裡面很暖，我因為溫差忍不住打顫。「好溫暖。」

「嗯哼。」托比亞翻著他的菜單，我已經決定要點紅酒和扇貝。奶油香煎扇貝搭配綠葉沙拉。

所以我仔細看著托比亞，他看菜單的樣子好像需要老花眼鏡，舉得遠遠的，瞇起眼睛。

小小的燭火在我們兩人之間跳動。

「五個。」我說。

托比亞笑了，但他沒有看我。我們已經玩了一陣子，速記我們的親密。剛開始偶爾詞窮，現在越來越自然。像某種溫度計，某種任何時刻確認彼此的方式。

「食物。」他說。「葡萄酒。」

「那還用說。」

他的眼睛忽然睜大。「可愛。」他說。他開始仔細觀察我。我感覺臉頰發熱。

「你繼續。」

他點頭。「聽著。」

「還有呢？」

「還有。」他放下菜單，手肘放在桌上。「我想說一個，但我不確定你會怎麼想。」他清清喉嚨。我發現他很緊張。他看著我的反應。

「試試看。」

「愛。」他說。他語畢，看著我。他的臉上有種美好的坦然，就連他的五官也更加寬闊，彷彿因為柔軟，所以展開。

「你是認真的嗎？」

「五個不能說謊。」他說，他的臉龐依舊柔軟。「那是第一原則。」

我的思想試圖控制我的嘴巴。才交往幾個禮拜，太早了。但我說出口的是「我也是」。

「那是兩個詞。」托比亞說。他的眼睛周圍皺了起來，我覺得他美得不可思議。

「又不是我在玩。」

我們靠著桌子往前，像《小姐與流氓》那樣。[8]

---

8 *Lady and the Tramp*，迪士尼動畫，經典畫面是兩隻小狗一起在餐桌吃義大利麵，而不經意親吻。

我心裡想的不是「愛」。如果當時他問我，我會說出不同的詞。我會說「幸運」。我很幸運，老天如此眷顧我。我很幸運，是我！老天竟讓這種事情發生在渺小的我身上。但他就在這裡，在我面前，活生生、熱騰騰地見證，我的生命與眾不同。

「你的行為好像和他在一起是中了大獎。」後來潔西卡會這麼對我說，很久之後。「談戀愛就是這樣。」

難道不是嗎？難道愛不就是覺得自己是地球上最幸運的女人？難道愛不就是覺得全世界都為了你的幸福來幫助你，而且只有為你。

再過六個月，我們才會說出「我愛你」，但我甚至沒注意。到了那個時候，文字已經不相關，只有在「五個」時才重要。而且每次我們都會說「愛」，每次。

有時候我們會互相套出那個詞，我常常故意說「喜歡」。我們會假裝忘了，但是那個詞一直都在。最後一個，最重要的詞。

當時愛也最適合擺在最後。

那晚我們吃了晚餐。扇貝細麵佐蛤蜊檸檬油醬，還有漢堡。我們為對方講述自己的過去，比以前談得還多。托比亞在北加州長大。「我愛下雨天。」他說。「我是不是已經說過？」

我們什麼都想說，我們什麼都不想放過。

那次晚餐，我告訴他關於我父親的事。關於他離開，以及不久之前他過世。我覺得那很重要，所以告訴他。他聽著，不帶同情或評論。托比亞總是很擅長傾聽。如果我某天工作很鳥，或下大雨沒帶傘，托比亞會以詩學教授的耐心傾聽。一開始我很喜歡，他是如此慷慨奉獻，但是日子久了，我希望他多說一點。感覺很像他覺得兩人之間只需要瞭解我就好，然而不是。我也想知道他的內心世界。

9:23 p.m.

「愛。」我又說了一次。整個餐桌安靜無聲，就連我們周圍餐盤碰撞的聲音也黯淡。一對三十多歲的女同志坐在我和托比亞曾經坐的位置，也說出一模一樣的詞。她們手牽著手。我心想那是不是第一次，今晚這裡是否即將發生什麼特別的事。開香檳的那桌已經上了咖啡與甜點，帶著小孩的客人已經離開。

「那是個相當困難的詞。」羅伯說。

潔西卡越過我，面對羅伯。「不。」她說。「那是世界上最簡單的詞。愛並不難。」我心想，真是有趣，她竟能如此輕易轉換。一邊是我們二十出頭時那個無可救藥的浪漫女，另一邊是現在的務實女。

康拉德和奧黛麗交換眼神。他對著她點頭，鼓勵她為兩人緩頰。

「就像我說的，我從不覺得愛很簡單。」奧黛麗說。「但是，我也不覺得愛本來就應該很簡單。」

我現在想起來了。我曾看過奧黛麗．赫本的紀錄片。她於二次大戰期間在德國長大。她躲避納粹；她的父母支持納粹。由於環境欠佳，導致她罹患氣喘。我發現整個晚餐她不時咳嗽。她總是那樣嗎？

那部紀錄片是E！頻道的特別節目，片名是《奧黛麗：完美背後的傷痛》，雖不盡然是官方授權的傳記，但也能消遣兩個小時。裡頭包含黑白的事件重現，雖然多數的細節都是錯的。那部紀錄片表示她對自己獲得演藝圈的大滿貫態度謙虛，但是她的艾美獎與東尼獎都是死後才追授。紀錄片也談到謠傳的飲食失調，這點是公認的錯誤。她的體格來自童年時期營養不良，而非嚴格控制。

「你的意思是什麼？」潔西卡問。

奧黛麗十指交扣抵著下巴。她精緻的五官宛如星星閃耀，而我發現餐廳的照明改變，我們的用餐環境現在多了更多燭光。

「名聲輕易朝我而來。我還不懂，但是呢，我已經擁有。」

「重要的區別。」康拉德說。

「我想是吧。我想也許在我心中，我相信我只能擁有一樣東西。那種想法當然沒有幫助。」

「愛或成功？」托比亞問。

「我覺得比較像是愛或奧黛麗．赫本。」她撥弄中指的金色戒指。看起來不像婚戒，但可能是。她似乎像是那種會把婚戒移位，放在身邊，改成其他東西的人。戴著當成提醒，也許甚至不是提醒他的存在。「成功和自我息息相關。」她說。「尤其在這個行業，個人就是產品的門面。」她舉起手，框住自己的臉。「這是我。」

康拉德拍拍她的肩膀。「確實可愛。」他說。

她移開他的手。「我嘗試過，但我永遠搞不懂，如何才能兼顧職業和一個男人。我好想要一個家庭。那對我而言是唯一重要的事——我犧牲很多快樂，只為追求我相信會令我快樂的東西。」

「但在最好的關係之中，那就是重點。」潔西卡說。「你不是努力讓彼此更軟弱。你不應該需要選擇。你們互相扶持。」

潔西卡瞬間聽起來非常年輕，甚至天真。說到後來她的聲音漸弱，我聽得出來她也知道。

「沒錯，潔西卡。」奧黛麗說。「但是日子久了，有時候也很難維持。可能也因為我身處的年代。」

「當然沒有幫助。」康拉德幫腔。

奧黛麗的雙眼垂下，我擔心她在哭。光線昏暗，我無法辨別。「有好長一段時間，我被罪惡感擊潰。我以為我可以更努力，我可以做更多。」她看著我。她的雙眼大如茶碟，而且濕潤。「我不希望你也有那樣的感受。我不希望你背負那種感覺。」

我看著她，某種非常柔軟的東西拉扯我的內心。「我可以問一個問題嗎？」我說。「問大家？」

「當然。」康拉德說，他的手還放在奧黛麗的肩膀，而現在他從內側口袋拿出手帕給她。她拒絕。

「我……」我不知道怎麼說出問題。「你們能夠選擇嗎？要不要來這裡？」

「喔。」奧黛麗和羅伯異口同聲。「當然。」

我看著托比亞，我知道答案在那裡。

「可以說有，也可以說沒有。」他說，我知道那等於沒有。

「我想每個人的情況不同。」奧黛麗說。

「這個嘛，我一定會來。」康拉德說。「我現在幾乎不來東岸，若不來我怎麼見到以前的學生，或見到奧黛麗．赫本。」他對她眨眼。

奧黛麗揮揮手。「噓！噓！我想我們之中沒人做過這種事情。」她看著羅伯。她挑著眉毛，輕率地示意。繼續。

「不。」他說。「從來沒有。」

我瞬間瞭解那是什麼意思。他從來沒有做過這種事情，意思就是自從死後，他只見過我。自從死後，他從來沒有去找他的妻子、黛西，或亞莉珊卓，或見過新生的寶寶。

我看著他坐在那裡，緊張、僵硬，於是我知道當這場飯局結束，當他們全都離開或回去，不管他們從哪裡來，我會把此刻當成軟化的最初瞬間，第一次繞過曾經尖銳的轉角。某些事情開始改變。

「羅伯。」我說，他以閃電般的速度抬起頭。「你帶我回家，然後呢？」

他的表情先是出現短暫的驚訝，像是閃過一道光，接著轉為遲疑的喜悅。看起來很奇怪，尤其此時此刻。我要他告訴我的，是結局的開始，他怎麼生病，他怎麼離開，但是他的表情——他眉毛揚起的樣子，揚起！他臉頰往後沉、往後退的樣子。嘴唇微張。我不妨順便要他為我說個床邊故事。關於一個小女孩的故事。她的父親是個爛人，到了最後，最終的魔法時刻，為自己挽回名譽。現在看來不無可能，甚至也許是某個我從前聽過的故事。

十

我和托比亞剛交往的第一個的冬天是很惡劣的冬天。破紀錄的暴風雪、嚴寒的低溫，那種天氣幾乎不可能出門到街角喝杯咖啡。客觀來說並不好，但是回想起來，我只記得好事。因為寒冷，我們兩人只窩在室內。雪一下就是好幾天，我們不需要起床。我們幾乎沒見任何人，如果有的話，我也幾乎沒注意。

當時托比亞在一家商業攝影公司工作，名叫「數位攝」。數位攝給他全職的攝影工作，於是他辭掉紅屋頂。他挨家挨戶找了好幾月的工作，到處投履歷，總算有人錄用。

雖然數位攝的工作內容是商業攝影，但他們承諾，工作期間會給他一些「真正」的攝影工作，那種燒腦的創作。他終於有機會產出真正的作品，而且獲得酬勞。但是隨著時間過去，他們的承諾只是空話。那份工作內容後來幾乎全是大眾市場的東西，清潔用品、紙抹布之類的廣告。他還兜售瘦身茶。

但那份工作也不是太累，一開始其實不錯——給了我們很多時間相處。托比亞會在星期四來，然後待上整個週末。潔西卡不在的時候，我們必點油膩的披薩和中國菜，然後在客廳看《24反恐任務》，反正潔西卡經常不在。潔西卡多半待在蘇密爾家，但她在家的時候總是很好玩。她和托比亞也建立他們兩人的友誼、他們獨特的語言。他們會互相郵寄網球和音樂的文章，這兩個是我無法跟上的話題。但她多半都不在，多半的時候只有我們兩人。我必須不好意思地承認我多喜歡那樣。我多不想念她。

如今她真的走了，而且是她的選擇，而非我的，我反而好想念她。不是每天，也不是恆常。但每當我回家公寓是暗的，或《六人行》重播，或《家庭主婦》（*The Real Housewives*）出最新一集，或我在藥品櫃後面發現乾癟的面膜，想念就像耳光般疼痛。不是因為她不在那裡，雖然我也那麼覺得，而是我無法打電話給她，告訴她這些事情。其實我還是可以打，但情況只會更糟，因為我知道她不在乎。寶寶會哭，蘇密爾會大喊「誰啊？」，然後她會說「薩比，怎麼了？我不方便聊」。她的生活如此充實，反觀我的生活，用顯微鏡看，只是看到同樣格格不入的細節。這種孤單的感受就足夠把我送回床上。

同年冬天我介紹托比亞給大衛和艾麗認識，我希望他加入我的圈子。

「我不知道他為何那樣。」某天我們六人難得去吃晚餐，潔西卡說的是大衛。托比亞、潔西卡、蘇密爾和我正從東村走路回家。托比亞和我已經推辭這頓晚餐三次。若不是潔西卡堅持，他從來不想外出——我只想和你在這裡——我也沒輒。

「他值得和一個真正愛他的人在一起。」

「也許他現在不想要那樣。」托比亞說。那天晚上很冷，我們的呼吸都化作短快的雲霧。我的手指僵了。我們全部的錢都花在晚餐上，還好我們離公寓也不遠。

「每個人都想。」潔西卡說。她盛氣凌人。托比亞聳肩，不再回答，但我看得出來他並不認同。

「上一個男的似乎不錯。」蘇密爾隨口說。

「不，才不。他跟其他人沒什麼兩樣。」潔西卡說。

「也許他很快樂。」托比亞說。他懂潔西卡，知道她堅持己見，知道她固執。他甚至拿這點和她開玩笑。聽到他回話，我很訝異。

「他才沒有。」潔西卡說，語氣有點生氣。她不習慣被人質疑。她不喜歡。

「寶貝，你又不知道。」蘇密爾說。我們兩人互看一眼。兩個和平主義者硬是扮演我們不想要的角色。

大衛是潔西卡大學的朋友，但我懷疑隨著我們搬到紐約，人生有所進展，久而久之，他變得比較喜歡我。有時他會打電話來約我，但沒約她。潔西卡有時相當極端。她不斷追求自我進步，但那不見得是每個人的嗜好，這點我很清楚。她想在幽暗的吧檯後方進行深度的智性談話，但其他人完全不想。她對愛情和人生抱持各式各樣的主張，那個時候她談的還是籠統的想法。她還沒結婚，還沒生小孩，還沒陷入生活的實際面。她喜歡說話，也許那正是她不在的前幾年，我如此想念她的原因——她留下如此寬闊、無聲的空間。

到了華盛頓與佩瑞街的轉角，有個人大叫托比亞的名字。我們轉身。一個男人慢跑靠近，也許近四十歲，穿著西裝。托比亞笑了。

「傑若米。」他說。「不會吧！」他們互相擁抱。「你過得好嗎？」

「很好，工作忙翻了。伊蓮娜還是像瘋子一樣旅行。」

傑若米看著我，而托比亞伸出手臂攬住我。「這是我的女朋友，薩賓娜。」他說。我愛聽他說「女朋友」，我可以一直重播。

我伸出手。「很高興認識你。」

「我們要先走了。」潔西卡在我身邊說。我們擁抱，接著我和他們兩人揮手道別。托比亞還在和傑若米說個不停。

「所以你們兩個怎麼認識的？」我回到他們，問了這個問題。

「傑若米是我在ＵＣＬＡ的老闆。我們幫伊蓮娜·修爾工作。她拍很多旅行的照片。當時我只是個實習生，但這個人讓我拍照。他甚至說服雜誌社出錢讓我去辛巴威。」托比亞笑得燦爛。「我不敢相信你還在打拼，超強！」

他容光煥發。我感覺腸胃糾結。說起任何現在正在做的事情，他絕不可能如此生氣勃勃。

「你呢？」傑若米問。

托比亞聳肩。「我在工作。也算是件好事。不是特別有趣，但生活很好。」他把我拉過去，大拇指前後揉著我的腰際。

「我們應該找時間喝一杯。你還有我的電話嗎？」托比亞點頭。「有，我再打給你。」

傑若米離開了，托比亞和我挽著手繼續走路。

「我不知道你去過辛巴威拍照。好酷喔。」我的話聽起來真蠢。我在打聽某些事情，但我也不清楚是什麼。

「呃，我沒有拍照，但很好玩。」他停頓。「傑若米很棒。他以後一定會是了不起的人物。」

「你也會。」我說。

托比亞拉著我轉了一圈，然後親我。「我愛你。」他說。「好愛你。我不知道沒有你該怎麼辦。我這輩子只想跟你在一起，薩賓娜。」

「我也是。」我找不到更大的詞。我把嘴唇覆上他的嘴唇，感到滿足。

∞

不久之後潔西卡結了婚。婚禮在中央公園的船屋。婚禮很美，但是下著大雨，所以他們完全不能在外面拍照，潔西卡的失望寫在臉上。典禮之前她哭得妝都花了。化妝師拿著面紙跑來跑去，嘴巴不停說著「遇水則發」。

大衛帶了一個《浮華世界》的作家來，那個人連續三年被時尚網站Refinery 29列入單身型男名單。但潔西卡只邀請大衛一人，所以工作人員忙著幫他喬出位置。艾麗沒有攜伴，但她剛開始和一個在猶太交友網站認識的男生約會，是個藥師。他們交往了四年，直到他們歷經史上最無風波的分手。之後她會嫁給他的朋友，前任甚至出席她的婚禮。

潔西卡沒有任何姊妹，只有差距多歲的弟弟，而我是她的伴娘。我們在中央公園南端的艾色克斯酒店（Essex House）準備就緒。潔西卡為我選了薰衣草色的絲質洋裝，搭配蕾絲鑲邊的腰帶。她則穿了象牙色的塔夫綢禮服，腰間裝飾少許亮片。我第一次看到她穿好禮服站在那裡，忍不住哭了。她實在好美。她戴著她母親的迷你水藍耳環，搭配藍色緞面鞋。舞會進行到一半的時候，鞋子被她踢飛。

「你應該每個週末都結婚！」艾麗唱著。她對著ＤＪ旋轉，醉到不行。那就是二十出頭舉辦婚禮的問題——開放的酒吧無人清醒。

艾麗差點撞上ＤＪ，托比亞抓住她，把她轉回舞池中央。歌曲換成法蘭克・辛納屈，我看著他們搖擺。托比亞從艾麗的鬢髮上方對我微笑，我的心被這個景象牽動——這個愛著我的男人，照顧我的朋友。

我上臺致詞。高中的時候我曾經演講，從那個時候開始，我就喜歡在公開場合講話。大學的時候我很擅長上臺報告，開會的時候也能對著老闆侃侃而談。但是當我站在臺上，看著底下的潔西卡，竟然開始發抖。我想說的話太多，無法全部說完。

「你是個追根究底的人。」我寫了給她的話。「你質疑一切，但對蘇密爾深信不疑。」

我又說了很多事情，關於大一那一年在宿舍認識她，關於她回到家告訴我她遇見某人——蘇密爾。我跳過她在浴室鏡子的名言，即使我寫進了講稿。我不知道為什麼。

舞池下了摩城音樂，托比亞和我一起吃了一塊紅蘿蔔蛋糕（蘇密爾的最愛）。之後，當我們酒足飯飽，在西三十二街的麗笙酒店雙人房時（我不太記得為什麼我們明明在十條街以南有間公寓，卻非得住在酒店，但就是如此），托比亞問我，深信不疑是不是件好事。

「你致詞時說的。」他說。「你覺得問問題是壞事嗎？」

我當時沒有具體說明。我寫的時候也問過我自己。當你遇見對的人，自然「就是知道」嗎？或者那是一種個性，是否有人依然不斷質疑？後來我想了想。我想問托比亞問題，一大堆問題，但我不會因為那些問題而質疑我對他的感覺。我知道他問自己的各種問題。他能成為攝影師嗎？我們能賺到任何錢嗎？他屬於紐約嗎？

我不想認為那對我們作為情侶有什麼特殊意義。我不想認為他的問題最後會結束在我是不是對的人。

「我不確定。」我說。「我想不同的人有不同的方式。」

「不同的人當然有不同的方式。」他說。他似乎有點心煩。那是我之前從沒在他身上看到的情緒，而我覺得肚子像是破了一個洞。我對生氣略知大概，但是心煩像是踏進某種東西的第一步——厭惡、排斥？對於生氣，會有火氣、情緒；對於心煩，只有距離。我希望我們保持親密，永遠緊貼在一起。我們的關係似乎依賴於此。

「你想說什麼嗎？」我問。我記得當時想著，如果我們吵架，可以怪罪喝了太多香檳。明天一早，我會醒來，翻身靠近，親吻他的脖子，假裝什麼也沒發生。如果他問「你還在生氣嗎？」，我會一直親吻他。「氣什麼？我們聊了什麼？昨晚我喝太多了。」

「我得到一份在洛杉磯的工作。」

「什麼？」

托比亞把我抱到他身上。「我愛你。」他說。「我們講任何其他事情之前，我先告訴你這個。」

我的頭在旋轉。加州？「什麼工作？」我問。

「沃爾夫在找新助理。」

我知道托比亞有多麼崇拜安得魯．沃爾夫。他是前途無量的派翠克．德馬榭里耶（Patrick

Demarchelier），但比較蹩腳。他多半拍些模特兒，和上衣或內衣可以透視的新人。那是藝術。我看得出來。他的照片有種空靈感，是人類身體的美——簡單、純粹、性感。但是我知道托比亞對女人的效應。我們在一起的第一個下午我就見識過了。

我們在咖啡店吃飯，女服務生會把他的酒杯倒得比較滿。總是會有人來碰觸他，舉凡咖啡師、各種年紀的女人、我家附近的男同志。人們自然朝他而來，彷彿他是凌晨四點的二十四小時餐館，彷彿他的頭上有塊霓虹燈招牌寫著「營業中」。

我知道托比亞的工作就像逐漸將他固著的水泥。他每天拍的照片就是漂白水和吸塵器。幾個月來，他最興奮的工作是拍攝糖。我不希望他那樣，我希望他追求自己的夢想。我只是不希望他的夢想把他從我身邊帶走。

「哇！」我只說得出這個字。當時我們已經在一起兩年，但我覺得更久。

「傑若米？」我問。

他點頭。我甚至不知道他後來和他聯絡。

「我不能拒絕。」他說。「這太難得了。我需要這個機會才能做我想做的事。」他輕碰我的臉頰。他的指尖是冰的。「如果你和我一起去呢？」

我才剛開始出版業的第一份工作。我很喜歡，而且我想從那裡往上爬。那和設計師的工作完全不同。我感覺自己總算、真的擅長某件事情。

「我不行。」我用氣音。我覺得如果我的嘴巴張太開，就會哭出來，而且停不下來。

「我們會有辦法。」他說。他低頭，我們的額頭互相碰觸。他在哭。「我們一定會。」

那天晚上我們交纏入睡，但是隔天早上醒來，一切都變了。接下來的十天我們不停爭吵。從「為什麼你不早點告訴我」開始，原來兩個禮拜前他就知道那份工作。

「我不想破壞我們的時光。」他說。

不要走。

∞

我發現我們進入另一個階段，但也許那樣最好。長久的滿足很難發展出好的故事。兩年的時間，一開始我很快樂，而快樂的時光不知不覺。悲傷才會留下印記，喜悅反而不知所謂。每日每月轉眼即瞬，我的人生從未如此快樂。事情變了。潔西卡和我搬了出去。托比亞和我搬了進去。她訂婚，然後結婚。然後，他離開。我們交往了兩年，六年——從聖塔莫尼卡算起的話。

我不知道的是，當時我們才在半路。

9:31 p.m.

「前六個月最難。」康拉德說。「我記得我們帶我女兒回家，我太太幾乎不讓我碰她。她唯一做的事情就是哭。」他向服務生要了更多酒。他的臉頰泛紅，笑的時候一手貼著胸口。

「轉個不停的陀螺。」奧黛麗補充。「餵奶、睡眠不足。」她百般同情看著潔西卡，潔西卡點頭。

「我已經度過那個階段了，幾乎。」她還沒完全從之前的尷尬恢復，我看得出來。潔西卡很容易就退縮，但她不會沮喪太久。我知道她馬上就會歸隊。

「寶寶多大了？」奧黛麗問。

「七個月。」潔西卡說。「雖然他看起來像兩歲。」她看著我尋求認同。

「是真的。」我說。「他是個大塊頭，而且父母都很嬌小。」

潔西卡笑了。「我不知道他是哪裡來的。有時候我告訴我先生，我跟中後衛有一腿。」

當潔西卡剛開始用「我先生」這個詞的時候，我覺得很瘋狂。我們才二十五歲，我們是小孩。當時我最重大的事情是買了布利塔濾水壺。

「但是康拉德說得對。」潔西卡小聲說。「我依然暈頭轉向。」

「我們當時很快樂。」羅伯說，把我們帶回正題。「你是我們兩人見過最美麗的寶寶。你母親曾說你看起來像個小洋娃娃。」

「她還是會那樣叫我。」我說。洋娃娃寶寶。我一直以為那只是個暱稱。

「椰菜寶寶[9]。」潔西卡說。「我看得出來。」

「雀斑臉。」托比亞說。

「你以前明明很喜歡。」我說。我說的是老實話。

他對著我挑起眉毛。「我有說雀斑不好嗎？」

我們在打情罵俏嗎？怎麼每次都這麼容易就開始？

習慣成自然。

「你很美。」羅伯說。他清清喉嚨，猛灌一大口水。「我有工作。我的收入夠多，這樣你母親產假之後就不用回去上班。生活有點吃力，但還過得去。」

康拉德調整口袋裡的筆記本。奧黛麗殷切地看著羅伯以示鼓勵。我看得出來要他繼續下去需要不少力氣。

「後來，我們又懷了另一個孩子。」

整個餐桌頓時安靜。

只有奧黛麗說：「哎呀！」

「媽從沒說過。」我說，彷彿想要證明他是錯的。又一個孩子？

「她很興奮，那是當然的。我們發現的時候，她已經懷孕三個月。不是刻意懷上。當時你三歲又五個月大。」

我看著羅伯，他瞬間顯得更老，好像不是他死去的年齡，而是如果他還活著的年齡。

「五個月產檢的時候發現沒有心跳。是個女孩。」斷斷續續的語句一個接著一個，有如飛躍的石頭直擊我的胸口。不是因為很久以前他們失去的孩子，而是因為我渾然不知的歷史。書本裡頭被撕去的重要扉頁。

「所以你開始喝酒，為了麻痺傷痛？」我問。因為無論如何，這就是我們的結果。這點沒有改變。

「一般夫妻遇到這種情況會有的問題，我們都有。當時我已經病了，我剛才提過。那是一輩子的疾病，情況只是變得惡化。」

「可以理解。」奧黛麗說。我感覺身旁的潔西卡瞪著她，而我忽然好感激我最好的朋友。

---

9 Cabbage Patch Kid，一九八〇年代風行於美國的玩偶。

「我後悔的是，當時我不明白我擁有什麼。我眼中看不見你，我忙著哀悼一件事情，忘記另一件。」

我低頭看著盤子。我的燉飯看起來冰冷生硬，像小義大利的餐廳展示的塑膠模型。光是看著燉飯就讓我反胃。

我感覺肩膀上有一隻手。我知道那是托比亞的手。我想知道那種感覺會不會消散。他觸摸我的感覺，像現在這樣。彷彿我的肌膚是某種記憶海綿。

「她要我離開，反正我也會走。」羅伯說。「一年後，她就無法繼續和我共處一室，因為我變成了怪物。」

「但是你得到幫助。就在你離開我們之後。」

羅伯閉上眼睛，又睜開。「對，之後不久。我在汽車旅館租了一間小房間。櫃檯的女人很關照我。保佑她。我入住三天後，她在衣櫥發現嗑了海洛因昏倒的我。只能說是奇蹟，她帶我到診所。那次我幾乎沒印象。」

我的鼻竇開始抽動，我可以感覺它們像兩株火炬花，在我的眼睛後面。有時就會這樣。我會感覺粗暴、劇烈的頭痛。大學的時候，我得躺在陰暗的房間，有時一躺就是好幾天，臉上放著冰敷袋。現在情況好多了，能夠忍耐，但永遠不知道何時這種發作會將我擊潰。我祈禱不是現在。

「頭痛？」我旁邊的托比亞對我說。他的語調輕柔，是他以前早上拿咖啡給我，或想做愛的分貝。溫柔、從容。彷彿我們擁有全世界的時間。

我把大拇指按在眉毛，呼氣減壓。「我需要一些空氣。」我說。如果我抱著任何不要擴散的希望，我就必須移動。我把椅子往後推，站了起來。康拉德也站了起來。「我陪你。」他說。「我們到外面去。」

我想獨處，但我不確定我有選擇。總之他說話的樣子，慈祥、威嚴，像個教授，他確實也是，於是我點頭同意。我順便抓起包包。

「你確定你可以……」羅伯一臉擔心。他知道我們還沒結束。

「潔西卡去了洗手間。」康拉德說。「我們沒事。」就這麼決定了。

康拉德幫我打開門，我們走到外面。空氣冰冷，我沒帶外套。還沒下雪，但我有預感會下。不是今晚，但不久之後。街上到處是節慶裝飾。整個城市喜氣洋洋，進入從感恩節開始到新年的和睦時節。那也可能是最孤單的季節，紐約的十二月。

我戴上圍巾，把手伸進包包翻找緊急備用的香菸，遞給康拉德一根。托比亞離開之前我從不獨自抽菸，但之後我總是如此。

「管他的。」他說。「抽一根不會怎樣。」

我們一起吸氣吐氣。四周的空氣充滿煙霧。

「你還好嗎？」康拉德問。

他手臂交叉，歪頭看我。他的嘴唇微微左右移動，我忽然懷念起他的課堂，我在幾乎十年前找到的心靈導師。

「你知道嗎？本來是柏拉圖。」我告訴他。

他對我挑起眉毛，好像在說「繼續」。

「在名單上。」我說，同時深深吸氣。

他點頭，表情豁然開朗。「我樂見其成。」

「我也是。」我說。我笑了，煙從我的肺部急速竄出。

「你為什麼把他換掉？」他問。

「課程結束後，」我說，「我一直覺得你還有更多可以教我。」我想再多說一些，關於他是一個大人，照顧著我，而我從來沒有那種體驗。關於對他的想念。但我不想說錯話。

「所以你還好嗎？」過一會兒他又問。「我會一直問。」

「不太好。」我說。我的大拇指上下揉著額頭與鼻梁之間。我又深吸一口香菸。摒住。

「我的頭很痛。」我呼氣的時候說。

「確實。」

「我有時候會這樣。」我說。

「我記得有次期中考，你因為相同情況請了病假。」

「幾百個學生之中，你記得？」

「我記得。」他呵呵笑了。

「其實我說謊。」我說。「那堂課我的進度大落後，一半的課都沒上。」

康拉德笑了。「那麼，冒昧請問，我怎麼會在這裡？」

煙霧在夜晚的空氣中跳動。「倒不是因為你的課。」我說。「我愛你。」

我抬頭看著他。他點頭。他知道。康拉德似乎，剎那之間，知道所有事情。發生了什麼事，這將如何結束。所以我問他。

「裡面會怎麼樣？」

他彈彈菸灰。我看著菸灰掉落。「我想你將會想起某些事情。」

「例如我愛我的父親？」

「也許。」他吸氣。「那也許有用。」

「那也許會痛。」我說。「畢竟，他死了。」

康拉德笑了，又是一陣由衷的笑。「還有呢？」

我看著裡面。潔西卡傾身向前，讓奧黛麗看她的婚戒。羅伯正對著托比亞說話。

「還有。」

如果我們的關係能用一個詞描述，就是這個詞。永遠不會終止。永遠不只如此。永遠「還有」如果，「還有」接著，「還有」之後。永遠會有續集。

「我不知道。」我接著說。

「其實，你知道。」

托比亞靠向羅伯。他從口袋拉出一樣東西。一只錶。我往前一步靠近玻璃。羅伯把錶握在手中。那是一只金色的懷錶，是我送給托比亞的二十九歲生日禮物。那是我父親的錶，我擁有的他的物品；他戴過的，我給了托比亞。那一半是羅盤、一半是手錶。我記得我對他說：這樣我們永遠都找得到回去的路。

今晚他把錶帶來這裡。

「我們還沒結束。」我說。

康拉德又抽一口，接著把菸按熄在人行道上。他打開門。才九點半，我們的桌上還有食物。但那不是我的意思。

我們還沒結束。我們來到這裡尋找回去的路。

十一

十天之後，托比亞離開了。他搬了出去，搬進一臺他用預借現金買的豐田破車，載著三箱我幫他打包的東西前往加州。我甚至幫他把箱子貼上標籤：衣服、雜物、藝術。他親了我，說會在第一個停靠點打電話給我。我叫他不要。上個禮拜我們已經像這樣來回多次。他想在一起；我想分手。不是我不想和他在一起，我身體的每個細胞都想死心塌地黏在他的細胞裡；而是我無法將自己置於我早知道、等待著我的心碎。我父親離家之後，我母親換了門鎖，一了百了。我知道我並未逃出那個特定模式。我不知道還能怎麼做。我必須切斷聯繫。

「你下個月來找我，然後我下下個月飛回來。我們輪流。」

我想像最糟的情況，不停地想。我打給托比亞但他不接電話，然後我會看到他和某個比基尼辣妹出現在沙灘。我不覺得他會背叛我，但我不想知道。如果我現在就做個了斷，他在加州就可以隨心所欲，也許我也可以幫自己省去一點痛苦。我對他說：「遠距離不會成功。如果注定成功，那也是以後。」

「你不相信。」他說。「你為什麼要這樣對待我們？」

他說得對，我不相信。那是潔西卡會說的話，她會寫在浴室鏡子的蒸氣上。我比較相信「為自己著想」。畢竟，他就是那樣。他要走了。我氣他想把責任推到我身上。

「我相信。」我說。

他搖頭。「那就跟我走。」他還是不放棄。他每天都這樣回答。*就跟我走。我們一起走。你會在那裡找到很棒的工作。*

「不要再說了。」我說。「我不能。你知道的。我也有工作，記得嗎？紐約是出版業的重鎮。」

「我當然記得。」他的手耙梳他的頭髮。當時他是長髮，滿頭鬈毛。「但我希望你能和我在一起。我想要在那裡照顧你。我想要睡在你身邊，早上幫你煮咖啡，參與你的生命。這是其中一章，下一次，我們可以去你要我們去的地方。」

「我要我們在這裡。」我說。

潔西卡覺得我瘋了。「你愛他。」她說。她心急如焚。直到我送他下樓的那一分鐘，潔西卡還在試著說服我改變心意。我們在我的房間，被我的東西團團包圍——他拋棄的東西。

「你會後悔，你知道你會。就在一起吧！」

「我無法。」我說。「遠距離戀愛永遠不會成功。」我的意思其實是，*我不會被拋下。*

我不會再次被拋下。

「你又知道！」她往我的頭上丟了一個枕頭。

「你找到他。是他！薩賓娜，我說真的。不要放棄。」

但我放棄了。我沒有去，而且我從沒要求他留下。我站在他的車子旁邊，淚流滿面的臉反射夏天的陽光。我整個身體寫滿我確定他讀得到的字，全都是「拜託」。他卻以為是「走吧。速戰速決。不要再問我」。我真正的意思是「留下」。

他抱著我，我們趴在對方肩膀上哭。我不知道如何說再見，所以沒有說。

我回到屋裡。我拉下百葉窗，躺在臥室地板。

「我不知道怎麼待在這種情況。」潔西卡說。她也在哭。

「那就別待。」

她走了。她本來就要去度蜜月，而且一個禮拜後，我就會時常收到她的簡訊。小屋蜜月！附上蘇密爾躺在海邊躺椅的照片。蜜月瓜！一大盤蜜瓜和雞蛋花。我知道她努力重建日常，想從核爆殘骸之中喘口氣。我也回覆類似的話。耶喔！愛！我們都在假裝。

頭幾個禮拜，我同事琴卓是我唯一能夠吐露的對象。我們都是編輯助理，前後一個月進公司。我們都在藍燈書屋的童書部。琴卓一輩子都是青少年讀物的粉絲，這是她夢想的工作。我非常想要轉到非虛構類的領域，但是大家都告訴我，先入行，之後比較容易轉換。我們大部分的工作是安排會議，以及閱讀經紀人寄給老闆的作品。琴卓充滿好奇，決心發掘下一個哈利波特。我們在會議室共度午餐時間，交換書稿和貝果，想要找到未來的敲門磚。要不是我的心支離破碎，我會很愛這份工作。

「你要走出去。」琴卓告訴我。「你知道忘記某人最好的方法，就是躲在另一個人底下。」

「要是你喜歡在上面呢？」我問。

琴卓的眼睛睜得老大。「是笑話！她還活著！」琴卓抱著她圓潤的肚子，就和她其他的部位一樣。她頂著一頭黑色直髮，還有我見過最綠的眼睛，托比亞的除外。她戴著黑色金屬框眼鏡，穿著男人的鈕釦領襯衫。她媽媽寄來一打瑞士三角巧克力，她全部帶來上班，我老是處在高糖效應。

「我不能出去。」我說。「才過兩個禮拜。」他抵達加州後，我還沒聽到他的消息。但那正是我對他的要求，他也尊重我的要求。沒有他的生活就像胸口時時刻刻插著匕首。有些小東西，例如我在洗衣籃找到他忘了帶走的襪子，或我們在倉庫拍賣買來整個冬天用來煮辣椒的鑄鐵鍋。整個公寓都讓我想起他。整個城市也是。

「有個大學的朋友要開派對。」琴卓說。「在哈林，晚上八點。我們可以下班後先來杯瑪格麗特，然後過去，待個二十分鐘。」她退後一步打量我。「只是讓你知道，如果你尋短，我可以說，我盡力了。」

我們去了。派對很小，大約十人，圍繞兩人座的沙發和一張懶骨頭。我們喝著溫熱的伏特加，配上玉米脆片。我待了三個小時。那裡有個叫作保羅的男生，在我們樓上兩層的設計部工作。他個頭矮小而且笑點很低。當晚結束之前，我讓他親吻我。之後我讓他和我約會了近兩年。

9:42 p.m.

康拉德和我回到屋裡。晚餐正熱鬧。羅伯說到一半；我們還在進行中。但是康拉德回來後非常浮躁，看來是受到夜晚空氣刺激。

「再來些酒嗎？我的甜心？」他問奧黛麗。

她點頭。她的臉頰泛紅。他倒酒的時候，她的目光停留在他的身上。我想也許奧黛麗・赫本對康拉德教授產生某些情愫。瘋狂的事盡在今晚發生。

我對於左邊的托比亞極度敏感。我必須搞清楚哪裡出了錯，撥亂反正，這樣我們才能找到回去彼此身邊的路。我迫不及待要告訴他，找他一起加入，但我不確定現在是時候。我打量他。他正低頭切著扇貝，我知道那個樣子表示他正認真思考某事。托比亞從不擅長一心多用。

「嘿。」我說，只讓他聽見。

他抬頭看我，彷彿訝異我在那裡。「嗨，你好嗎？」

我們兩人都笑了。這個問題真是荒謬。

「這真奇怪。」我說。

「是嗎？」他問。

「當然是啊！我們和奧黛麗·赫本同桌。」

「喔。」他轉回他的食物。

我維持小聲。「幹嘛？」

「沒有。」他說。「我以為你說我們。」

我吞了一口。「那也是。」我說。

他對我笑了。那個笑容曾經令我瞬間屏息；那個笑容曾經在吵架的時候褪去我的理智和衣服。而我心想也許他也知道。也許他也認為我們來到這裡是為了回到從前。

「食物真是出色。」康拉德說得有點大聲。

「真的厲害。有人嚐過義大利麵嗎？」

潔西卡揮手。她正在湯匙上捲著細麵。「超棒。」她邊吃邊說。

「我們早該這麼做。」奧黛麗說，於是滿桌的人迸出笑聲。我第一次浮現一個念頭，當我環顧四周，覺得也許這不是太壞的主意；也許某些重要的事，就在今晚，可以、將會在這裡發生。

「真的，真的。」康拉德說。「奧黛麗，為我們表演一下，畢竟這是用餐時間。」

「表演什麼？」

「你知道的，你小時候，你的母親曾經唱過〈月河〉（*Moon River*）給你聽。」羅伯說，彷彿現在他才想起來。他的聲音聽起來滿是興奮。

「是那樣嗎？」奧黛麗說。

「我愛那首歌。」潔西卡說。「那是我們在婚禮上跳舞的曲子。」

我記得潔西卡和蘇密爾隨著仙妮亞．唐恩（Shania Twain）搖擺，但我現在不提那個。我知道她不是說謊，並非有意。若考量她所有的評斷與意見，就會知道記憶力不是潔西卡的強項。

「那是我們最喜歡的歌。」托比亞說。我感覺到他的手在桌底下碰到我的手。他捏了一下又鬆開，但確實碰到了。我感覺整個身體閃閃發光。

「為我們唱。」康拉德說。

奧黛麗臉紅。「喔，喔，我不能。這裡很多人。」

「真是胡說。」康拉德說。「他們才不在意。」

他站起來拍手，整個餐廳頓時安靜。工作到一半的服務生暫停。交談中斷。嘴邊的酒杯停在半空中。

「我親愛的朋友奧黛麗想唱首歌曲，不曉得會不會打擾大家？」

彷彿一聲令下，所有人恢復剛才的動作。我們周圍的聲音再次湧現，人們繼續用餐。

「看吧？」他說。「不會打擾。」

奧黛麗不動。我看得出來她在考慮，而我希望她答應。我想聽她唱歌。不知為何，這很重要。她的出現不僅是調劑，還有其他意義。對我而言，奧黛麗代表某段較好的時光。我的父母在一起，而且托比亞和我，幸福又相愛。

「還是免了。」她說。「我好久沒唱歌了。」

「就試試嘛。」康拉德說。他捏捏她的肩膀以示支持。

於是她開始唱。她的聲音宛如天籟，柔軟呢喃，然不知為何比電影，或比iTune裡頭更圓潤、生動。我有種感覺，我們周圍的人甚至聽不見。彷彿她一開口唱，我們就在自己的海中島嶼。

「月河，比笑容更寬廣……」她一開始唱，我就回到多年以前，托比亞或潔西卡或康拉德教授以前。只有我和羅伯和奧黛麗。她的聲音，本身就是回憶。她唱完後，先是一陣沉默，就像細緻的雲朵、拉絲的蜘蛛網或黃金，盤旋在我們的餐桌之上。就連康拉德都看似失去語言。先開口的是羅伯。

「唱得真好。」他說。「謝謝你。」

她伸手越過餐桌，牽起他的手，有生以來第一次，我看見我父親在哭。奧黛麗的歌聲之後，我們每個人都被剖開。至於什麼將會注入裂縫，我們尚不知道。

十二

和保羅的關係還可以，甚至蠻好的。我知道他比我還要投入，但他從未真的表現出來。我們平日見面兩次，週末見面一次，循著這種規律，一週又一週，從來不會更多，但也不會更少。我見過他的父母，但純粹因為他們剛好進城，而他有大都會隊的門票。他不煮飯，我也不會，所以我們叫外賣。我們喜歡同樣的電視節目，星期天睡到很晚。七個月後，在卡明街一家我們常去的義大利餐廳，他對我說「我愛你」。我也回同樣的話。

我偶爾會接到托比亞的消息。他會寄來一些我可能喜歡的文章，但從來無關他的作品。我會回個一兩行。「謝謝」或「我喜歡」或「希望你一切順利」。我們不問對方問題。

一年後我和麥提相約晚餐。他之前就傳過簡訊問我要不要聚聚。托比亞離開後，我只見過他一兩次，而且我想念他，他也是我的朋友。

我們約在他們以前住的公寓附近，那裡有家我們去過好幾次的印度餐廳。托比亞顯然再也不住那裡，麥提也是，但我們還是約在那裡，向我們的過去朝聖。他帶著一本《滾石雜誌》赴約。我們點了雞肉咖哩、黃扁豆、番紅花飯。吃了一會兒後，我問起托比亞。

「他過得真的不錯。」他小聲地說，彷彿試著不要驚嚇我，同時試探我聽了之後的反應。「我想工作方面真的很好。」

他沒有提到任何女人，我非常感激。我不確定我能承受。

「我知道如果我告訴你，他會殺了我。」麥提繼續。「但我想讓你看看。」

他把《滾石雜誌》遞給我，那本雜誌一直放在桌上，像一把壁爐上的槍。封面是總統歐巴馬。我打開，翻到右上角折起來那頁，關於封面人物。

「你在說笑。」我說。

「是沃爾夫的名字。」麥提說。「但全都是托比亞拍的。」

我的心隨著驕傲下沉，又隨著悲傷緊繃，因為他沒有告訴我。這是他在世界上最想要的，而我不在那裡與他共享。我的心中閃過一個念頭：我們可以擁有我們想要的，只是不在一起。

麥提察覺我的情緒。「保羅好嗎？」他問。我記得幾個月前他在我的生日派對見過保羅，而且喜歡這個人。

我清清喉嚨。「很好。」我說。那是真的。「我們下週要去波特蘭。」

除了週末，我們打算多待兩天，探索那個城市，還會健行。我們餐廳都訂好了。

「好棒。」他說。「我喜歡那裡。」

「我沒去過，但保羅說我會喜歡。」

我低頭看著自己的食物。麥提伸手碰碰我的手臂。

「嘿。」他說。「你知道的，我覺得你們兩個完全就是天生一對，但也許這樣最好。」他吞了一口。「他真的過得很好，我想你也是。」

我想想我的工作，我的感情。「是啊。」我說。我摸摸桌上的雜誌。「這真了不起。歐巴馬，哇！」

麥提露齒而笑，他看起來非常驕傲。「超酷。他下禮拜要拍哈里遜．福特。」

和麥提見面後，我越來越少想起托比亞。知道他過得很好，知道他不遠千里獲得的成就，知道我們經歷這些沒有白費，對我有所幫助。我喜歡保羅，也許我甚至愛他。我才剛開始相信那樣也許最好的時候，托比亞回來了。當時是聖誕節，他已經去了洛杉磯二十三個月又六天，然後出現在我的公寓。

我把第二個房間分租給一個叫做露比的女孩，她在哥倫比亞大學攻讀物理學博士，很少在家。租金是不錯的收入，我也喜歡偶爾有人作伴。

我不知道他為什麼覺得我在那裡，但他來了。我沒和保羅一起回家。我母親和繼父搭著郵輪去度假。她約我同行，但我會暈船。有偏頭痛的人永遠都不該踏上船，所以我決定獨自過節。

我烤了起司通心粉，又做了餅乾，正要坐下來看歷史頻道的節目，關於馬雅曆的末日。那是露比預錄的節目。當時是二〇一四年，他們宣稱終結日期不是二〇一二年，但還是會來。

他按了門鈴。我聽見他的聲音。「嘿，」他說，「我是托比亞。可以上去嗎？」就像那樣。嘿，我是托比亞。可以上去嗎？彷彿世界不會結束。彷彿世界不是已經結束。

我在門口等他。我的心臟跳動聲音之大，眼睛什麼也看不見。他兩步併作一步上樓，他總是這樣。他帶著一個包包出現。「我剛下飛機。」他說。

應該需要更多。應該需要解釋，需要日期、時間、計畫。在這二十三個月，我們鮮少說話；過去七個月，一次也沒有。但我只問了：「你怎麼知道我會在家？」

「試試看囉。」他說。

他把手放在我的臉上，我甚至沒有試著反抗。「聖誕快樂。」他說。

「你為什麼來？」我說。

「因為你在這裡。」他告訴我。

「你射殺歐巴馬。」我說。[10]

他對著我挑起眉毛。他在笑。「我相信歐巴馬人好好的在白宮。」

我搖搖頭。「我以為你過得很好。」

「我是。」他說。「但少了你就不夠好。」

我只知道我想念他。只是看見他在那裡，站在過去兩年保羅站著無數次的地方，儘管來來去去，從不遲疑，但這就是我想念的一切。感覺過去兩年我的生命就是一部黑白電影，而他急忙帶著聲音與色彩前來，一切因此鮮活起來。他是我命中注定的人，他回來找我。

我親吻他，因為我想知道他是真的，他不是某種幻象。有幾次，我真的想過完全一模一樣的重逢。

「通心粉。」他說。他的嘴巴還貼在我的上面。

我恨他充滿信心，但感覺是對我，對我們有信心。不只是他有信心我會接受他回來，我也有信心他會回來找我。

「你要住下嗎？」我問。

「如果你願意要我。」他說。

我只需要那句話，聽起來多麼荒謬。單獨看來，就像書裡最老套的話。但就是那樣。

他把包包放在門口，把我拉向他。我們靠在衣櫥門上愛撫。我把手掌伸進他的頭髮，

10 拍攝相片的英文shoot亦有開槍之意。

很髒。我感覺他從我的背部往下移動。我和保羅做愛兩年，那整整兩年，我從未感覺如同現在，穿著衣服，和托比亞一起。

他引導我向客廳移動，然後把我抱起來，帶我進去我的臥房。他知道這個公寓。這裡曾經是我們的公寓，現在又是我們的公寓，也許早就已經是。

他把我放在床上，解開我的衣服。我渴望他，迫不及待，衝動貪婪，但他不疾不徐。他脫下襯衫，站在我的上方。他比以前曬得更黑，變得更重——應該說更壯。我抬頭看他。

「我在等你。」我說。我一說出口，就知道那是真的，我一直在等他。保羅、公寓、過去兩年，都不是真的。那些感覺完全不像等待，而是緩慢向前、沉重的腳步。但我一直都錯了。我一直都在對抗洪流，對抗這段時間想要把我捲進大海的洪流。終於，我放手。

他親吻我，而我伸手抓住他的肩膀。他的嘴唇移動到我的脖子，伸手滑進我的雙腿之間。我移動到他的下方，他的指尖輕觸。於是我脫下我們剩下的任何衣物。等了太久。

「現在。」我說。

他進入我，而我們同時重重吐氣。他停在我的身體裡面，不動。

「我想念你。」他說。

「我想念這個。」

我們開始移動。兩人身體的韻律、撫摸我的方式、我不明言的暗示，他完全清楚。我感覺陶醉、失去重力，彷彿與他合而為一的衝擊可能使我自燃。

「薩賓娜。」他輕聲說。我想到的只是我的名字、我的名字、我的名字——一而再，再而三。我得救了。

後來，我們相擁躺在床上。我告訴托比亞保羅的事，我告訴他所有的事。那個派對，過去兩年。他專注聆聽。他不嫉妒；他是托比亞——體貼、坦然、真誠。

「你想結束嗎？」他問我。

「想。」我說，接著又親他。

隔週我就和保羅分手。他回來後，我問他能不能喝杯咖啡。我們去了五十七街那家沉重的星巴克，裡面都是小孩，非常吵鬧。我先到。我想選擇座位。

我幫他點了全牛奶的密斯朵，幫自己點了小杯黑咖啡。我想他已經知道了。通常他跟我打招呼的時候總是面帶微笑。生活對保羅來說是歌曲的副歌，既熟悉又悅耳。沒有任何重要時刻，沒有啟發人心的危機。

但他知道咖啡代表什麼。

「怎麼了？」他先謝過我，然後才坐下問我。保羅非常有禮貌。

我想過告訴他，我們不配，我不適合他。而那些話是真的，千真萬確。但那依然不是答案。

「他回來了。」我說。

保羅知道托比亞。一開始，他發現我在哭，有時候，做完愛後。因此兩人的感覺都很糟。

「原來如此。」之後他說了很多，他說托比亞又會走，他說托比亞配不上我。但他的論點都不是說服我留下。感覺不像他在為我們而戰，他已經知道沒有什麼值得奮戰。

我不怪他。他只知道托比亞最壞的部分。一半是真的，但某些完全是某個心碎的人虛構的故事。那個真正的血肉之軀完全不是保羅心中那個破裂的形象。我不能拿著被扭曲的他去反對他。而當然，其中許多也是真的。

我離開星巴克，打電話給托比亞。他來到上城與我會合。當他看到我站在門邊，他伸出雙手環抱我。「對不起。」他說。就那樣。我讓「對不起」延展。我讓「對不起」覆蓋過去兩年的全部。

我們回家，外帶兜沙餅（dosa），坐在地板上吃。我們二十七歲。二十七歲感覺接近三十。但是現在，在這裡，似乎更接近二十。

我們剩下二十四個月，計時開始，但我不知道。當時，在死寂的冬天與他相依，感覺就像永恆的起點。

9:48 p.m.

時間現在就在做這種怪事。我們正吃著晚餐，分享盤裡的食物。潔西卡盛了一些義大利麵給奧黛麗，奧黛麗拿扇貝和她交換。酒精消融距離，但是自從我們坐下，我第一次感到今晚刻不容緩。我必須修補並矯正某些事情，在時針抵達……午夜之前？總之就是我們離開餐桌各奔前程之前。

「你還留著那只懷錶？」我對托比亞說。同一時間，潔西卡問：「我為什麼在這裡？」

這個問題猝不及防，我不由得轉身。「什麼意思？」

潔西卡撕下一塊麵包浸在醬汁裡頭。「我知道名單。你寫的時候我也在場。我不在名單上面。我的意思是，我住在四十五分鐘車程之外，甚至不到。你隨時可以見到我。」

大約兩年前，我刪掉外婆的名字，寫上潔西卡的。那是怒氣的結果。我還留著那張撕破、邊緣捲起來的便利貼，提醒我潔西卡曾經在這裡，她的紙漿藝術和身影曾經充滿我們的客廳。

潔西卡不習慣喝那麼多，所以我發現她酒後吐真言的徵狀——粉紅色的臉頰、略微失焦的雙眼。

「因為，雖然我可以見到你，但從來沒有見面。」

潔西卡放下叉子。「那不公平。」

潔西卡和我並沒有爭吵，我依舊把她當成最好的朋友。沒有大吵，沒有齟齬。但是有時感覺，某些事情不可挽回地在我們之間發生，事實上，我無法伸手指出什麼時候開始變糟。如果爭吵，我們可以彌補、道歉、和好，但是你無法對漸行漸遠道歉。

「但那是真的。」我說。「你總是很忙。你上次進城是什麼時候？」

「我有寶寶。」她說。

「早在道格拉斯之前你就很忙了。」

潔西卡有種「眼不見、心不念」的心態。通透我們的友誼，有好幾次，她總是搶著告訴我，那不表示她愛我較少。「我忘了。」她告訴我。「但那不表示我不需要或不在乎你。」

我們幾乎再也沒有實質的友情。我回想上次見到她，是三個月前道格拉斯的受洗禮。她有一個七個月大的寶寶，我只見過兩次。

「自從你搬出我們的公寓，」我說，「好像就從人間消失了。你從不打電話給我。你說我是你最好的朋友，但標準是什麼？」

「你就存在嗎？」她轉過來面對我，整個人轉身。瞬間，我看到二十二歲時認識的那個女人，熱情又活潑的女人，會在廚房地板的磁磚用口紅寫上「你就是今天」的女人。「你滿腦子都是托比亞。我搬出去了，但你也繼續過你的生活。我籌劃婚禮的時候，你很少陪我，但我不怪你，我希望你快樂。我現在還是。」

「但我不快樂。」我說。「我一直都不快樂。」

我看見桌子對面的奧黛麗向前靠，康拉德用手肘輕輕阻擋她。

「你還是以為我能幫你修補。」潔西卡默默地說。

「我不認為你能修補。」我的嘴唇開始顫抖。我知道她知道我快哭了。她知道我所有的細微動作，就像我知道她的。「我只是希望你還想嘗試。」

就是那樣，我們說到痛處。傷得最痛的，不是行為，當然不是。不是沒吃晚餐或沒接電話，不是重新安排的約定，而是心裡深處的痛，她不再希望事情和現在不同。她如此沉浸在她的生活，甚至不曾去想我的生活是什麼樣子。

「再來些酒嗎？」奧黛麗說。我看見她站在我身旁，手裡拿著酒瓶。她必定以閃電般的速度躲過攔住她的康拉德。她把一隻手放在我的頭上，這個舉動就和母親一樣，我突然覺得承受不起。奧黛麗並沒有長我很多，我指的是這裡（不管我們到底在哪裡），但感覺她將她的一生濃縮在這個身體。她六十歲，同時也是三十三歲、十七歲。

她斟滿我的酒杯，也幫潔西卡、托比亞斟酒。

「我很抱歉。」托比亞緩緩地吐出。

「這和你無關。」我說。

「你沒有辦法修補。」潔西卡對托比亞說。「我不能，你也不能。你為什麼在這裡？你今晚為什麼來？托比亞，我很喜歡你，但你把事情變得更糟，你明知道，對吧？」

「我正在努力。」托比亞說。我內心某個部分大聲歡呼。他知道今晚這裡必須發生什麼。他也想要找到他回去的路。矯正錯誤的部分，重新開始。

「不。」潔西卡說。「你不是。你在這裡，你在討論事情而且你在回憶事情。你覺得會發生什麼？」

「為什麼那樣一定是件壞事？」我問她。「為什麼我們不能回去，修補我們做錯的事？難道我們不是為此才在這裡？」

「你什麼都不懂。」潔西卡說。「而且我早就跟你說過很多次。」

「說過什麼？」我問。「說我們並不符合你對感情的標準？說如果我和他復合，這次你就不會幫忙收拾殘局？」

「不會。」潔西卡說。她看著她的酒杯，彷彿期待答案就在裡頭。

「拜託。」托比亞說。「潔西卡。」他的聲音有種警告的意味，剎那間，聽起來完全陌生。

「對不起。」潔西卡說。她瞪大眼睛，淚水盈眶看著我。「托比亞死了。」

十三

露比、托比亞、我，三人一起住了五個月。露比和托比亞相處融洽。她很少在家，但是偶爾她在家的時候，我回家會發現他們邊喝啤酒邊玩桌遊。幾年前麥提介紹托比亞玩《戰國風雲》（Risk），現在兩人還是會相約在西村的不尋常桌遊店一起玩。

露比對托比亞的認同讓我覺得舒服，而且方便，我可以因此較不想念潔西卡。托比亞回來的時候她很高興——我知道她本來就希望我們兩個在一起，但現在她結婚了，而且隨著時間過去，我覺得她對於跟自己觀點不同越來越好批評。她快速長大，當然比我或托比亞還快，也比我認識的任何朋友都快。她已經買了房子，而且我常覺得她像搭了雲霄飛車。二十幾歲的生活現實，她似乎整個跳過。所以我們和露比住，相處融洽。但我們新的「三人行」，如果可以那麼稱呼的話，並不長久。二〇一五年夏天，露比找到學校的住宿，而托比亞和我也決定搬家。

從我初來乍到，就一直住在第十大道的公寓，大約已經五年，我對它的愛差不多如同我對它的厭煩。我愛那裡發生過的事。潔西卡和我各帶著兩箱行李，加上一箱從學校寄去的書，就這麼搬了進去。我們第一次去宜家，說服管理員租車給我們，因為我們還未滿二十五歲。我推著購物車上的潔西卡穿梭走道，爭論要買沙發還是安樂椅（最後決定買一張兩人座的沙發和一把椅子）。深夜看《六人行》重播。還有第一年的時候，潔西卡都會比我早起，到巷口的熟食店買兩人的咖啡——榛果奶精加代糖。

但我也討厭生鏽的水槽，討厭每次樓上鄰居洗澡，浴室就會淹水，還有面對街上的臥房多麼嘈雜。我已經準備接受其他事物。那種心情就像國中升上高中，不必然因為個人選擇，而是因為時間到了。

托比亞和我在第八街找到一間一房公寓，位於第六大道和麥克道格街之間。那是間又小又舊的公寓，壁爐生鏽，即使剛剛粉刷，還是看得出來牆壁龜裂。但是我們的臥房面對後面，所以相對安靜。那是我們看的第三間公寓，我們當場就要了。

托比亞去看房子的時候我正在工作。他想搬去布魯克林，但我贏了。我很確定我不想離開曼哈頓，而托比亞心胸寬大地接受。他甚至沒有為此和我爭執。我想他知道他說不過我。

「就是這間了。」他打給我的時候這麼說。

我看看時間，上午十一點三十八分。「這是你看的第一間房子嗎？」我問。

「很棒。」他說。「相信我。」

半小時後我溜出去吃午餐，和他在門廊會合。他拿著一束向日葵，當時正是季節。我到的時候，他說：「歡迎回家。」

我們一起上樓（有六段階梯），而當我一踏進去，我就知道他是對的。不是說那裡非常完美，不是理智上那種，而是那是我們的家。托比亞很興奮。「我們可以粉刷起居室的牆壁。」他說。「也許漆成黃色。」他雙手環繞我的腰際。

「很棒。」我說。「多少錢？」

他瞇起眼睛看著我。「兩千四，但我想那只超出預算三百，對吧？而且仲介說她只收我們一半的服務費。」我的腦中閃過一個深色長髮的長腿女子，提著公事包出現在我們的公寓，不經意地和托比亞在廚房碰觸。我狠不下心告訴他，我們的預算早就比我們所能負擔的多出兩百。我也想要那個黃色的起居室。

麥提幫我們搬家。他借來他父親的貨車，在上面墊了毛毯。托比亞在洛杉磯賣了他的豐田。麥提結束學業後在銀行工作。「薪水太多，人太亢奮」是托比亞對麥提工作的評語。「他像隻發情的幼犬。」

「他很興奮。」我說。我們堆著箱子。托比亞小心翼翼在地板放了一盞燈。麥提在樓下看著並排停車的貨車。

「才不是。」他說。「如果是做自己的東西，他會很興奮。現在他只是隻在滾輪上使盡全力跑的老鼠。」

托比亞責備麥提沒有慎選第一份工作，或沒有自己開發應用程式。他覺得麥提輕易為五斗米折腰，但是麥提才二十三歲。「先有錢，然後獨立。」每次托比亞提起此事，他總是這麼回答。

在我看來，麥提似乎蠻開心的，但在這點上，我瞭解托比亞對於成功、金錢、為人工作之間那種複雜的感覺。他在洛杉磯曾經擁有，也很享受，但那僅僅因為他覺得那份工作具有創造力，而且重要。他是個真正的藝術家，意思就是商業成功不是重點，但是那樣往往也有問題。我不止一次聽到他告訴麥提，某個樂團走紅之後他就不聽了。「聲音變了。」他說。「不再純粹。」

他和沃爾夫不歡而散（辭職並非工作的一部分），而現在他在紐約為沃爾夫其中一個對手工作。他說這種情況很常見。他不常旅行，這點我喜歡，而他也接受。他們多半的工作是為城裡的大公司拍攝。是有點委屈，但不如數位攝的時候糟糕，而且酬勞合理。反正就是份工作，而且我們在一起。我知道他不盡然覺得工作快樂，而這點也困擾著我。我在幫麥提說話的時候，感覺往往也像在掩飾我對托比亞的罪惡感——成熟點沒什麼不好。

我站在鋪著木質地板的小巧公寓，此時麥提和托比亞輪流上下樓梯搬著箱子。我是指揮。「放左邊。」「放臥房。」「放在那邊的牆壁底下。」我們的東西太多，而這個公寓太小，全部算來只有舊公寓的三分之一。東西每年都在累積。在第二大道慈善商店買的舊椅子、靠枕、小凳，在紐約市區人行道上挑的圖畫。奇怪的宜家家具（是電視櫃還是書桌？）、埋在保鮮盒和炒鍋之間的廚房用品。露比拿了一點，托比亞什麼也無法捨棄（萬一我們需要第二個打蛋器？）。這是他奇怪的習慣——需要囤貨——但不太像他的個性。我試著建議斷捨離，但執行起來非常困難，所以最後多半的物品都留了下來。

除了，很奇怪的，多年以前我買的攝影作品——托比亞拍的部落男人。我到處都找不到。我們打開箱子的時候不在裡面；沒有不小心和閒書放在一起，也沒有塞進裝衣服的袋子。隨著我們逐漸拆封完畢，把盤子疊在廚房，我開始焦急。我跑到以前的公寓——沒人見過。我打給麥提要他確認貨車——沒有。搬進去一週後，我坐在臥室地板，大概是第二十次，把頭探進床底。

「好了啦！」托比亞說。他看來完全不好奇照片跑去哪裡。我忽然想到也許他把照片丟了。

「我做不到。」我告訴他。「那是我第一件擁有的你的東西。」

「誰在乎？」

「打從一開始就在了。」我說。

「我們也是。」

「你在說笑，對吧？」

麥提在廚房，想用調理包做出一餐。那個禮拜我們每天都訂披薩，我相信我們會再叫。托比亞把我拉到他的懷中。「我已經有你了，誰還在乎那張照片？」

「你根本就不喜歡那張照片。」我對他說。

他回去繼續整理書櫃的書。「那張不是我最喜歡的，我還有更好的作品。我當時十九歲，很遜。」

他不懂。誰在乎作品的品質？重點是那個故事。那是我們的麵包屑，甚至可能是我們的聖杯。我不能失去那張照片。不知為何，我感覺失去照片，意謂我們關係當中某個重大事件──不祥預兆。感覺那張照片是我們的護身符，少了就會厄運連連。

「你丟掉了嗎？」我問。「你可以老實說。」

「沒有。」他說完離開房間。

那天晚上，我們住進新家的頭幾個晚上，我睡不著。我一直想著那張照片可能在什麼地方。我們搬來那麼多無用、莫名的電器和家具，為何偏偏是那張照片不知去向。我一直都這麼小心保存。我拿下照片，用同一張紙包裝──那張包著它兩年的紙。我把照片包好，並用膠帶封妥。照片怎麼了？

托比亞在我身旁打呼，漠不關心。他的頭靠在我的胸口，鬈髮搔著我的脖子。我想著拍下那張照片的男孩，這麼多年之前我跑去見的男孩。當時我沒有找到他，但我找到那張照片。而且我沒能擁有許多東西，但我仍擁有那張照片。或說曾經擁有。那個粒狀相紙中的男人。我心想，我一直執著的東西是不是錯的。

9:52 p.m.

「托比亞死了。」潔西卡還沒說完，我就感覺金屬嘎吱作響穿過我的身體，鋼鐵的壓力、猛烈的撞擊、搗碎皮膚的水泥。當托比亞被撞的時候，我完全感受到了，每根肋骨的裂痕與每滴落下的血。

我一直試著忘記那件事情曾經發生，但是當然真的發生。他死了。蠢。蠢蠢蠢蠢蠢。

潔西卡滿臉疑惑看著我，彷彿不太確定我的反應會是什麼。好像我可能會翻桌。我不會，當然。這又不是什麼意想不到的事。他死了，我知道。我人就在那裡。

康拉德看起來非常擔心，而奧黛麗每絲氣息都在反覆說著「天哪！」。羅伯什麼也沒說。

「對不起。」托比亞說。「對不起。我以為今晚——」

「怎樣？」潔西卡打斷，她聲音裡的火氣再度回來。「以為你能倒轉時光？」

不知為何，在那當下，我們全都看著康拉德。也許因為他是哲學教授，也許因為目前為止他都是這張桌子最德高望重的人。但我覺得還有別的原因。我們為什麼在這裡？這是怎麼發生的？

他舉手投降，彷彿要我們不要靠近。

此時奧黛麗介入。「我想也許我們需要一點時間消化這件事情。」

潔西卡的手腕撐著她的額頭。「恕我直言，我們過去一年都在消化這件事情。」

他死的事實把我摧毀，就像之前好幾次把我摧毀。頭幾個禮拜，醒來的時候無法呼吸。每天早上刺骨的冰冷，明白這不是夢，是我的現實。他死了。

儘管如此，一年來頭一次，我感覺一絲不同，一絲明亮、新穎。因為也許……

我伸手握住桌底下托比亞的手，而這一次我不放。我握著。我感覺他的手指與我的相扣，他的掌心冰冷的觸感。這是我想念不已的。這個。他。血肉。

我知道奧黛麗不會復活，也許我父親也不會，但是托比亞可以。托比亞是我的。如果不是因為我們的失誤，如果不是那些出錯的事情，他現在還在。修補這件事情是我的工作。

「如果這就是我們在這裡的原因呢？」我說。我的聲音顫抖，而且我看到我的晚餐伙伴臉上倒映我的猶豫。

「我不知道……」羅伯先開口。

「不行。」我說。就是如此，一定得是。我感覺我已經偶然發現鑰匙。我不想聽任何其他意見。我想牽著托比亞的手，帶他走出這裡，遠離這些不相信的人。「那就是我們今晚在這裡要做的。我們可以改變事情。」

「薩賓娜。」奧黛麗說，這是她第一次稱呼我的名字。「我不認為那是明智的想法。」

「為何？」我感覺不服、生氣。因為能有什麼事情，真的，比讓他回來更重要？「你自己說我們在這裡是要搞清楚發生什麼事。」我轉向康拉德。

「也許你可以和解。」羅伯說。「我知道聽起來——」

「不。」我說。「停止，拜託，你們全部。」他們的聲音聽起來尖銳、刺耳，就像某天星期六上午七點，第八街公寓外面緊急煞車的聲音。我要它停止。

我看著托比亞。他的眼睛充滿我感覺到的那種希望，而我掉了進去——我們兩人之間共同的空間。過去十年我們一再憑藉的空間，在那裡，我們需要的只有彼此。那個緩和我們最痛苦的時刻的空間，那個把我們結合在一起的空間。

「我們可以試著改變，是吧？」托比亞說。

「我不能忍受。」潔西卡說。「我不能。我不能看著你們……」潔西卡站起來。奧黛麗也是。

「坐下。」奧黛麗說。

潔西卡大吃一驚。她把外套拉得更緊。「我不要。」

「我說坐下。」她重複，這次更加堅定。康拉德把手放在奧黛麗的手臂。「這是薩賓娜的晚餐，記得嗎?潔西卡，麻煩你了。」

潔西卡搖頭，然後「砰!」地坐回椅子。「你們全都說得簡單。但是如果行不通，我是那個唯一必須留著的人。你們都會回去，但我必須聽，為什麼行不通，她再次失去他，那是什麼感覺……」潔西卡的聲音分岔，她咬著下唇。

「潔，」我說，我還握著托比亞的手。「對不起，我必須這麼做。」

「你要我袖手旁觀?」她說。她舉起手背擦臉。

「不是。」我說。「這裡沒有人比你更瞭解我。」

「那不是真的。」她說。「他就瞭解。」

「不。」我說。「他不瞭解。」

托比亞和我在大的方面瞭解彼此，廣泛的方面，感覺永恆與不變的方面。命運、不斷拉扯人生的洪流。但是在細節，在日常，在咖啡與罌粟籽貝果，在《六人行》重播與喜好原子筆勝於簽字筆，是她。她永遠是我的緊急聯絡人;我從沒寫過托比亞的名字。永遠都是潔西卡。

「拜託。」我說。「我需要你。而且我需要你留下。」

她看著我。她的眼睛告訴我，她很累，她不想做這個，她知道這是個錯誤，我們永遠找不到回去的路。但她點頭。「好吧。」她說。「是你的晚餐。」

我感覺托比亞的手抓緊。

康拉德清清他的喉嚨。「你剛才說到他從洛杉磯回來。」他說。

「我們很快樂。」我說。我停頓，因為這是頭一次，我不只想要重現我的經驗，我也想要聽他的經驗。我想要知道他的感覺，全部的感覺。「我們是吧？」

托比亞突然抬頭看我，近乎激烈。「當然。」他說。「你怎麼會問我這個問題？」

「許多事情可以同時為真。」潔西卡說。

十四

他回來後的那年夏天，我們住在第八街的時候，可以媲美我們在一起的第一年，相當我們最快樂的時光繼續延伸。我們騎著腳踏車環城，在高架公園吃著大同志（Big Gay）的冰淇淋，在展望公園的樹蔭底下鋪上毛毯，躺上整個下午。現在我回想起來，彷彿整個城市只有我們，但是當然不止。我有我的工作，而且我開始覺得童書出版也許是我的志業。我努力爭取幾本中級童書的書稿，關於十一歲的安．海瑟威，以及莎士比亞的妻子。老闆真的買下那些書，而且優先製作。我覺得也許我有這方面的本領。

麥提正和一個新學院的研究生交往，一個筆名叫作貝絲．斯登的作家，我們四人常常聚在一起。她莫名熱愛葵瓜子，從不離身。她去過的地方總會留下瓜子殼的痕跡，舉凡地鐵、博物館，甚至餐廳。她人很好，也非常聰明。麥提還是在銀行工作，現正考慮轉做避險基金，托比亞當然反對。但他越來越少對麥提談論自己的想法。「他不會想聽。」他說完他的擔憂後總會加上這一句。

「我知道他對我很失望。」八月的某天晚上，麥提對我說。我們在麥提的廚房。他家位於中城，擁有時髦的家電和偌大的窗景。我把外帶的食物倒出來，他舉起垃圾桶讓我把空盒丟進去。貝絲和托比亞在起居室擺設桌遊。

「他沒有。」我說。「你也知道托比亞，他會抱著不可能的期待。」

麥提點頭。「又不是說他自己創業。他在幫芳香劑拍照。」

我的臉頓時抽動。我並不想被人提醒托比亞現實的職業。他犧牲他的藝術長才來到這裡，和我在一起。

「有時我也擔心他。」麥提說。我的手上沾到一些咖哩，於是我走到水槽沖洗，順便拉開我和麥提的距離。我們還在那個完美的夏季。我不想知道他看見什麼。我的腦中閃過兩年前和麥提共進晚餐，當時他看起來多麼驕傲，當時他告訴我也許那樣最好。

「他很好。」我說，我依然沒有轉身。「那工作是暫時的。」我相信那是。托比亞太有才華，接著就會有其他機會出現，而這一次，會在這裡。我關上水龍頭。「貝絲很棒。」

麥提馬上接住我的話。他深深嘆氣，遞了一條乾布給我。「是啊。」他說。「她是，算是。只是有點希望她改成杏仁。」我們都笑了。

麥提和我回到起居室。托比亞加入貝絲，兩人都咧嘴大笑，露出黑色的牙齒。

我的朋友琴卓在工作方面甚至更加出色。她還沒找到下一個哈利波特，但她引進一套英國童書，那個作者原本（而且赫赫有名）拒絕在美國出版。她當下就被升為副主編，她現在擁有自己的辦公室，而且雖然我想念她在牛棚的時候，不得不說那辦公室現在對我們而言非常方便。

那天是星期四。琴卓和她男友在漢普敦有棟夏季別墅，嚴格說來是她男友的。我們出版業的薪水連房租都吃緊，更別說海邊的房屋。她現在交往的對象是金融圈的人，名叫葛雷，和她配在一起有點奇怪。我見過他一次，是在威徹斯特（Winchester）。我們老闆在他家舉辦烤肉派對，那裡有合適的庭院和烤肉設備。葛雷從頭到尾幾乎一直在講電話。

「我得減個五公斤。」琴卓說。我們在她的辦公室吃午餐。我忽然想到，事實上，琴卓從去年冬天到現在已經瘦了五公斤。自從她和葛雷在一起，幾乎沒吃東西。我已經住在城市夠久，知道「白種盎格魯薩克遜新教」[11]的金融業男人通常喜歡瘦如竹竿的金髮女孩。琴卓完全不是那種女孩，而在我看來，如果葛雷想要這種女生，他早就去別的地方找了。我不懂琴卓為何主動執著於改變。

「我只是不想三十歲了還單身。」我問她的時候，她這麼對我說。「我是說，你想嗎？」從十九歲起，托比亞就在我呼吸的空氣之中，意謂我沒想過單身。我知道，只要他在這個地球上，我就不會，不真的會。

「你們討論過結婚嗎？」琴卓問得更深入。

我低頭看著枯萎的青菜。我們沒有。我們討論過未來。我們想要旅行。有時候我們幻想有個小孩，他的頭髮，我的平衡感，但總是基於假設。

「我們只是享受目前的狀態。」我對琴卓說。「我們不急。」

然而事實是，當然，「我」一直都在想著這件事，自己一人，祕密地想。托比亞回來是件大事，而我想要更實在的感覺。結婚不能保證兩人永遠在一起，我很小就從我母親身上學到這點。但是即使如此，我希望讓這段關係成為正式。我希望在重要的人面前抬頭挺胸，讓大家都知道那些承諾。有白紙黑字，有親友，有共同的生活。我希望拴住他。而且潔西卡最近一直在我耳邊嘮叨。你們基本上已經在一起五年了。她會說。他有什麼計畫？

我不知道，而且我不覺得我應該問。我想相信他會有計畫，相信某天我們會有錢去做我們的朋友開始做的事情，但他已經為了我離開他的工作，我不打算催他。

「你真有信心。」琴卓說。她正拿著現在隨身攜帶的煙燻炭筆，在眼睛上面輕拍。「我希望我們也有那樣的共識。」

我聳肩。我沒有信心。多數時候我一點也不確定。但我愛他，他愛我。那樣必定足夠。

那天晚上，在麥提的公寓那天隔了一週，托比亞和我煮了義大利麵在床上吃。外面的炎

11 簡寫為WASP，指信仰新教的歐裔美國人，衍生之意為美國掌握政治經濟權力的菁英團體。

熱足以令人濕透，而只有臥房的冷氣能用。公寓其他區域大約在三十二度上下。我永遠不知道是開窗好，還是關窗好。

「你對五年內的自己有什麼想法？」我問托比亞。他爆笑。他的叉子飛出去打到枕頭。濺出的番茄醬汁像個迷你命案現場。

「喏。」我拿抹布沾了一些水杯裡的水，然後遞給他。「我是認真的。」

「和你在一起。」他說。他察覺這個問題的意思。

「我知道。」我說。「工作呢？」

托比亞用力擦著枕頭。「我不知道。這個工作還可以。我們為什麼要玩這個遊戲？」

我深吸氣，鼓起勇氣。「因為今天琴卓問我，我們會不會結婚，而我不知道該怎麼回答。」托比亞沒有停止擦拭。「告訴她和她沒關係。」

「但和我有關係。」我說。「潔西卡也問我。難道我們不該至少談一下？」

托比亞停止動作，看著我。「你想要嗎？」他問。

「想。」

他似乎考慮了一下。計畫變更，地鐵改道，夏天野餐的暴風雨天氣預報。

「知道也好。」

「那是什麼意思？」

托比亞嘆氣。「就是那個意思。知道也好。我不知道結婚對你來說非常重要，現在我知道了。」

「我沒有說非常重要。我只是說我們應該談談結婚。像我們一樣交往這麼久的情侶都會談。」

托比亞把他的盤子放在床邊的小桌。

「那麼請你務必告訴我，其他情侶還做什麼？我們應該做個筆記！我們靠自己要怎麼過活？」

「我的意思不是那樣。」

「是，你的意思就是那樣。你總是不滿意我們就是『我們』。你總是需要確保我們按照規矩。」他怒了。他生氣起來額頭上的青筋便會抽動。

「我也想要別人擁有的，那樣很糟糕嗎？潔西卡和蘇密爾——」

「因為他們就是幸福的代表？」

托比亞喜歡蘇密爾，但是他們一點都不像。而且我知道，雖然他從來沒說，就像潔西卡對我們的生活有些意見，例如托比亞沒有穩定收入、我們火爆的方式，托比亞對他們的生活也有他的意見。被套牢、平凡無奇的生活，想到就會讓他半夜驚醒。

「他們有什麼不對？」我大吼起來。我聽見自己的心跳，大腿上義大利麵幾乎翻倒。

「那真的是你想要的生活？搬到康乃狄克？你根本不再見她了。他們不可能旅行。他們會困在那間房子，然後更大的房子，再更大的房子。」

「對，是啊，至少他們會在一起。」於是我說出來了，那件永遠藏在我們吵架表面底下的事。你說不定又會離開。

「你相信我嗎？」托比亞問。他的聲音宏亮。

「相信。」我說。我把一直憋住的氣全都吐出來。「我當然相信。」

「你需要我和你結婚，證明我愛你？」

「不是。」我說。我垂下頭，看著盤裡髒兮兮的義大利麵。我們現在又切換為慢速，看起來極蠢。我被趕進琴卓的一頭熱，但為什麼？

「你知道人生無法保證，而且我無法向你承諾任何事情，就像你無法向我承諾任何事情。」

「我可以。」我說。「我可以向你承諾。」我握住他的手。「我很愛你。」

他綠色的雙眼凝視我。他把我的頭髮塞到耳後。「我也愛你。」他說。「這樣很令人難過。你知道的。如果能夠讓你快樂，做什麼我都願意。」

「五個。」我說。

他對著我挑起一邊眉毛。

「熱。」他說。

我把他的手拉到我的胸口。

「我說的是外面，但這個也是。」他輕輕揉了我的胸部。

「脖子。」他親了我的脖子。「承諾。」

「真的？」

我的聲音有點不安，他聽得出來。

他抬起我的頭。「薩比，如果你真正想要的是結婚，我們現在就可以去法院。任何時候。我希望你快樂。」

我感覺胸口鼓漲。我知道他會。我知道他是認真的。

「愛。」我說。

「愛要最後才說。」他說。「先做。」

他把我丟回床上。後來一整年我們沒再提起結婚。

9:58 p.m.

「我們當然快樂。」托比亞說。他依然牽著我的手。「但感覺有時候我們太相信命運。」

「有趣。」康拉德說。他往前傾，手肘撐在桌上。奧黛麗把他的手肘拍掉。

「薩比覺得命運要我們在一起。」

我試著把手抽走。我有種今晚他要公開揭穿我的感覺。我不喜歡。我以為我們是簽了合約要一起住在那個地方。

「住手。」他說，同時緊緊握著我的手心。「那是真的。我不記得《灰與雪》的事，你一直都很火大。」嚴格來說，他說得沒錯。雖然「火大」不是正確的詞，「傷心」可能比較接近。

「她有一種想法，有些事情本來就應該成功，而你不應該還需要改善才能成功。」潔西卡說。「就像他們的愛情故事，是多麼壯闊，每天的生活不重要。但感情是每天每天的，感情就是如此。」

「我人在這裡。」我告訴她。我把手從托比亞那裡抽出來，這樣才能正對著潔西卡。「麻煩你們，不要好像我是另一個房間的小孩那樣談論我，好嗎？」

潔西卡翻了白眼。「我沒那樣說。我只是……」

「怎樣？」我對她兇狠地說。「你不希望我和他在一起。你就承認吧？你表現得好像你很喜歡他。」

「和你一起去的人是我！」潔西卡說。她這下激動地揮手。「根本就是我『推』了你一把！是我找到那個攝影社。是我開車載你去ＵＣＬＡ。」

托比亞好奇地看著我。「你從沒跟我說你怎麼拿到那張照片。」

「我當然說過。《灰與雪》之後，我連你的名字都不知道。我去了ＵＣＬＡ，我找到攝影社。你不在，但我買了那張照片。」

「沒有。」托比亞說。「你從來沒有跟我說過那件事。」他滿臉擔心焦慮，臉紅得像剛跑步進來。

「看見沒，現在這樣？這就是我的意思。」潔西卡說。「你們兩個老是認為那是巧合，但不是。需要很多道具才能變出魔法。你們不能接受你們都是人類。」

我們又找到彼此，克服重重困難，在紐約市！我們是魔法。

「我不需要魔法。」托比亞說，而且多半是對著我。他看起來還在緊張。

「你以為她從哪裡拿到那張照片？」奧黛麗插話。「當然是……」

「你知道。」羅伯說。「你只是不想對自己承認。因為那代表某種責任，因為你虧欠她。」

羅伯的語調變了，裡頭有種幾乎像是父親的感覺。我們全都停下來看著他。

「不是。」我說。「拜託。」如果我要幫他們兩人其中之一說話，那個人會是托比亞。

托比亞吐氣。「他是對的。」他說。「總之，我想是吧。」他揉著自己的臉。我感覺我的身體在他旁邊變緊繃。「有時候我很怕讓你失望。」他說。「你這麼看得起我。我無法一直都這麼好。」

「我『看見』你。」我說。「我看見我們。我看見這整個未來……」

托比亞看著羅伯。他們兩人交換眼神，而今晚，我第一次同時看見他們兩人，像這樣坐在彼此旁邊。他們長得一點都不像。托比亞的鬈髮讓他的頭看起來很大，雙眼是明亮的綠色。我的父親幾乎禿頭，皮膚上有斑，胸口凹陷。但他們兩人都呈現緊張的狀態。他們都極為警覺。我想起一個靜止的畫面，像張快照，是我父親在廚房踱步，他的手指緊緊掐著。有種不舒服的想法忽然出現，我把它推回去。

「好。」我說。「你是人類。我沒發現，是我的錯。」

「我的意思不是那樣。」托比亞說。「那不是你的錯。」

我雙手一攤。「如果不是我的錯，也不是你的錯，那是怎樣？」

餐桌一片沉默。我聽見奧黛麗清清喉嚨。終於，康拉德向前。

「那我們該來點甜點。」他說。奧黛麗對著他搖頭。「怎麼？」他說。「我需要吃點甜的。」

我們每人忙著看菜單，前幾分鐘的激動還迴盪在我們之間。那些話全都擠在一起，我應付不來。他確實用我需要的方式愛著我。和他在一起是唯一重要的事。而且如果我們想不出辦法，如果我們不能回去，我將永遠失去他。感覺不像我們有所進展，反而像是一直退後。

「舒芙蕾？」康拉德問，大伙開始討論冰淇淋、冰沙、蜜桃派。我往後靠在椅背，心想如果我站起來離開會怎樣。如果我走出餐廳回家。他們會消失。我父親、奧黛麗、康拉德、潔西卡都會。但這樣一來托比亞就會永遠走了，而我不能接受，我們之間還有這麼多罣礙的時候不能。

十五

那年夏天之後，那個義大利麵和婚姻討論的夜晚之後，我們進入秋天和冬天的例行公事。工作、回家、煮飯、做愛（有時候）、睡覺。再也不是歡樂又自由的夏天，而是生活——而且我們不總是完全契合。

我們開始吵架，頻率高得我不想承認。西村的公寓並非總是愛巢，也並非總是大得足夠容納我們兩人。事實上，差得遠。當我們和露比住在一起，甚至之前的潔西卡，一直都有個緩衝。現在只有我們兩個互相對打，有時我們兩敗俱傷。

但那是「我們」的一部分。我如此思考。那就是讓我們迸出火花，讓我們有別於潔西卡和蘇密爾，有別於我和保羅的地方。我們相愛的程度不下爭吵，而我告訴自己，那樣的接觸是好的。代表我們充滿熱情，代表我們在乎。

托比亞不在的兩年養成某些習慣，我也一樣。我和保羅的關係，雖然不是特別激動，但是絕對非常輕鬆。我們從不吵架，幾乎沒什麼可吵。那段關係泡在溫水裡——不怕衝撞。

我們輪流選擇外賣菜單、博物館、電影。我們就像隊友，互相傳遞接力棒，但完全不跑，也沒有壓力、咆哮或不可避免的勝負。

我記得有次下班之後去保羅的住處，他正在用電腦。交往兩個月後我就有了鑰匙，方便的意義大過浪漫或承諾。「你在幹嘛？」我問他。

他抬頭看我，遞給我一杯酒。我過去的時候他總是倒好一杯酒。「在做試算表。」他說。他把電腦轉過來讓我看。「喏，城市各個地區，然後是博物館、餐廳和特殊活動。」他的手指在螢幕上方移動。「這樣我們就不用老是去看《超時》雜誌（*Time Out*）。我把我們星期六可以做的事情濃縮，還有一些平常日的活動。」

我啜一口酒。「真是厲害。」那完全就是我會做的事情，而且我很高興我不用做，他已經在做了。我甚至還沒想到！

他微笑。「謝謝。」他把一疊我們常叫的外賣菜單給我。「來吧，輪到你。」

我們的生活方式非常相似，所以不會經常互相對立。唯一的爭執，如果稱得上是爭執，絕對與我們的關係無關。大概就是某齣戲劇男主角的背景，他有沒有演過《七〇年代秀》（*That '70s Show*）（當然這搜尋一下就會知道）；《華盛頓郵報》對上《紐約時報》；週末出遠門的最佳地點。他，法爾島（Fire Island）；我，波克夏爾（Berkshires）。我們睡前清理廚房，鬧鐘設定早上七點十分。

不管保羅和我是怎樣，托比亞和我一定完全相反。我們無不碰撞。骯髒的盤子、成堆的衣服、用完的牙膏、壞掉的暖氣。我們是汗水、口水、熱。砰！砰！砰！我們超級真實，簡直要把我們搞瘋了。

我獨立編輯的第一本小說即將在三月出版。我邀請潔西卡與蘇密爾、大衛、琴卓參加發表會。那是一本中級小說，名叫《飛行一日》，關於一個小男孩發現自己可以飛上天。我為這本書驕傲，也為作者驕傲。作者是一個五十歲、第一次出版的作家，名叫湯雅·迪馬克。我等不及要和大家分享，尤其是托比亞。我想讓他知道，他不在的時候，我也在做重要的事。

某個星期二六點，我們全都聚在麥克納利，當時外面正在下雨，我擔心潔西卡可能會放棄，但她第一個到。二十分鐘後蘇密爾也到了。大衛帶著新的男友艾許一起。

大衛抱抱我。「恭喜，太棒了！我迫不及待要見托比亞。」他說。「好幾年不見。」

我們打算之後去吃晚餐，在轉角一家舒適的披薩店，盧比羅沙（Rubirosa）。那裡的生意好到不可能有位置，我一個月前就預訂了。

「他也很想要見你！」我說。

托比亞不喜交際。他很有風度，也討人喜歡，而且當他認識你，他會很誠懇地瞭解你。但是他不喜歡我們擬定計畫。一開始，在加州的事之前，他很努力和我的朋友相處，但他天生的孤獨傾向隨著時間變得更糟。「為什麼要出去？」他會問我。「我想要的東西都在這裡。」

湯雅很緊張。我幫她倒了半杯公關提供的便宜紅酒，並且安撫她，她會表現得很好。她會朗讀一個段落，然後接受提問。我拿起麥克風，請與會者入座。潔西卡、蘇密爾、大衛、艾許坐在第二排。潔西卡雙手對我豎起大拇指。托比亞人呢？

「非常感謝各位前來。」我說。「我非常驕傲為各位介紹這位女士，以及她優美的著作……」

我談到第一次閱讀就愛上這本書，以及湯雅的才華與投入。我介紹完畢，整個會場響起掌聲歡迎湯雅，但是托比亞不在。她朗讀的過程中，我不斷往後方看，期待他會出現，但他沒有。

我恭喜湯雅。幫她就坐開始簽名後，我立刻檢查手機。有一通他的未接來電和一封簡訊。抱歉，寶貝，我工作纏身。跟你的朋友說嗨，加油！愛你。

我只是一直盯著簡訊。你的朋友。不是我們的。不是大衛、潔西卡、蘇密爾。

「你準備走了嗎？」潔西卡問。她的手臂底下夾著一本簽好的書。「托比亞呢？他要和我們在那裡碰面嗎？」

我的笑容僵硬。「他要工作。只有我們。」

我看到潔西卡斜眼瞄了蘇密爾。我知道她在想著：我丈夫可以撥出時間來你的活動，為何你男友不行？

我們去吃晚餐，大伙為書慶祝，但我心不在焉。我希望他在，我希望他一起分享。更甚的是，我希望他明白這對我有多重要。我希望他和我一起存在於這個世界，這個真實的世界——有我的工作、我的朋友、我的生活，不只是我們公寓裡面那個世界。

我回到家，他在沙發上看電視。

「發表會如何？」他問。我一走進去他就關掉電視。「快告訴我。」他遞給我一束向日葵，當時是三月，我不知道他哪裡來的向日葵。

「很好。」我說。「我想你。」

「很抱歉。」他說。「我要拍照，無法抽身。今晚的夕陽很美，你看到了嗎？」

「我以為你在工作。」

「我是在工作。」他說。

我沒心情吵架。我去把向日葵插好。他不是。

那天晚上我不斷想著潔西卡瞄向蘇密爾的眼神，想著大衛帶著新交的男友前來。

∞

托比亞在洛杉磯學了超覺靜坐。他喜歡早上醒來，坐在椅子上，靜坐二十分鐘，這是規定。但是我們的公寓很小，而且我們兩個人住，沒有空間同時提供安靜和快速。我必須在九點之前抵達辦公室，意思就是我得在八點三十分出門。我試著走路上班，因為我實在沒時間健身，但多數時候我還是搭地鐵。我會在托比亞身邊忙進忙出，打開抽屜，尋找褲襪和成對的鞋子；同一時間，他坐在那裡，閉著雙眼，想要切斷連接世界的訊號。

「你不能在前一天晚上做嗎？」他會問。

「你不能在我出門後做嗎？」我兇回去。托比亞的上班時間彈性。這份工作反而比數位攝還要麻痺心智，而且隨著秋天轉為冬天，冬天轉為春天，連商業工作也越來越少。他還是在那家公司，但他們可能派了其他人去做廣告的工作。我心裡那麼想，但沒有說出來，因為托比亞不太擅長掩飾他的嫌惡。他的老闆越來越常旅行，而且帶更多其他助理去拍照。我不和托比亞聊這個，因為我知道這是敏感話題，但我不止一次納悶，他為何不找別的工作。這種工作不常缺人，我知道，而且我也知道如果我和他聊，他就會這麼說。他越來越常拖欠房租。他應該付給我，為了方便，合約是我的名字。有時候他完全忘了，而當我幾個禮拜後提醒他，他會非常抱歉。「非常對不起。」他會說。「我忘了。我下禮拜給。」

「他需要採取行動。」潔西卡這麼對我說。我們秋天難得在一家兩人都喜歡的希臘餐廳吃飯。「你們想要小孩。誰要供應？」

「供應？」我說。「我們還用這個詞嗎？」

「我用。」潔西卡正眼看我。「你賺的錢大概一個小時四毛。」她停頓。「其他方面好嗎？」她問。

「很好。」我說。她盯著我，我忍不住移動。

「你希望蘇密爾跟他談談嗎？你知道他很愛托比亞；我們都是。我只是覺得你們兩個是時候面對事實。」

「什麼樣的事實？」我問。

「面對你們現在就要開始長大。」

我想起大學時候的潔西卡——在我們的廚房點燃薰香，在我們的窗臺堆疊水晶。她會怎麼看待現在的自己？她會失望嗎？生氣？她會覺得遭到背叛嗎？

那就是重點，我不想要背叛托比亞和自己。我們注定要轟轟烈烈。我們注定要超越常規。我不怪潔西卡不懂，但我也不知道怎麼向她解釋——同樣的規則不適用於我們。

四月底的某天，我上班遲到。藍燈書屋上午九點有個盛大的發表會議，每季一次，編輯將他們即將出版的書介紹給業務和行銷。我要幫我老闆做一份投影片，而且八點要進辦公室，但我睡過頭。

我在臥房橫衝直撞，用力開關抽屜，尋找我的燈芯絨長褲。

「能請你小聲一點嗎？」托比亞在他的靜坐位置問。

「不。」我說。「不能。我上班遲到了。『我的』工作有規定上下班的時間。」我一開口就知道說錯話，但已經來不及了。潑出去的水。

「哇！」托比亞瞪大雙眼。「在外工作好辛苦啊。」

「我的意思只是，你一點才要去拍照。」我說。「我出去之後你就可以靜坐。」

「這也是我的公寓。」托比亞說。「即使你的行為他媽的一點都不像。」

他離開臥房。我記得在門邊看著他的腳步。他還穿著運動褲。

我的行為不像這是我的公寓。這是我們的。我們一起搬進來。但我自己扛下責任。有時候我甚至覺得自己像個老媽。盤子堆滿我就洗，牛奶喝完我就買。暖氣不靈光的時候我打給管理員，廚房一片漆黑的時候我去買燈泡。

晚上回到家，我看見他在廚房。他還是穿著運動褲；我不知道那天他有沒有去工作。但他在做千層麵，那是我最喜歡的食物。我聞到蒜香和冒泡的番茄醬汁。我放下包包走進廚房，他立刻遞來湯匙讓我嚐嚐味道。

「完美！」我說。我們沒談早上的事，但我知道這是他道歉的方式，或改正的方式。

「再加點鹽巴？」

我搖頭，用番茄口味的嘴唇吻他。

「好極了。」我用芝麻菜和洋蔥做了沙拉，灑上我在櫥櫃找到的松子。托比亞總是買些我不認為我們可以負擔食物，但這次我不在意。我心懷感激，感謝食物把我們拉回一起。我們在起居室的地板吃麵，因為我們沒有桌子，還因為年輕又沒錢又戀愛是浪漫的事。而當你又年輕又沒錢又戀愛，你就在地板吃千層麵。雖然我內心知道，二十二歲沒錢和二十八歲沒錢是兩回事。

我沒提起工作，因為我知道我們約好不說，而且這也不是托比亞想談的事。我知道，對他而言，那是最糟的將就。沒有創意，不性感，甚至連錢也不多。我不知道而且害怕的是，他是否怪罪於我。如果他衡量著待在洛杉磯原本可以擁有的機會，而我卻在天平的另一端？

我們在高腳椅上做愛，這張椅子從之前的公寓跟著我們搬來。我們把碗盤留在水槽。隔天晚上我下班回家，碗盤已經洗好收好了。

10:10 p.m.

我們點了甜點，四份舒芙蕾。潔西卡點了冰淇淋。奧黛麗和羅伯點了卡布奇諾，托比亞和我點了濃縮咖啡。

「你們知道我覺得我們需要什麼嗎？」康拉德說。「中場休息。」

「我們沒有時間。」我說。「這裡不可能超過半夜。」只有一晚，想起來只有這樣才合理。

「從現在開始還有兩個小時。」羅伯說，好像在說時間相當充裕。

「你有什麼建議。」奧黛麗問康拉德。「談政治可無法達到休息的目的。」

「這種氣候，無法。」康拉德說。「雖然我確實常想，你們這種已經過世的上一代會怎麼看現在的世界。」

「一點也不好。」奧黛麗說。「相當恐怖。」

「確實。」康拉德說。

「現在什麼都很快速。」羅伯說。「根本就跟不上。」

「那是什麼感覺？」康拉德問。我以為他要拿出口袋裡的筆記本，但他沒有。」

「很好。」羅伯說。「不錯。」

「嗯。」奧黛麗說。「不錯。快要死掉的時候就免了，但其他……還蠻好的。你不用害怕。」

「不用！」羅伯接著，彷彿那很明顯。「不用害怕。」

托比亞沉默。康拉德看著他。「那你呢？」

「不同。」奧黛麗說。她的語調變了，變得更加同情。

托比亞點頭。「對。」

「什麼意思？」我問。我的心跳瞬間加速。托比亞在某個他不喜歡的地方嗎？他感覺痛嗎？

「比較像是介於兩者之間。」他說。他對我微笑，那種我知道需要花費力氣的微笑，那種他為了我好，而且只為了我好而做出的微笑。

「那是什麼意思？」我問。

他靠過來，把我的頭髮塞到耳後，即使頭髮並沒有遮住我的臉。「你想知道我記得的事嗎？」他問我。

「什麼？」我說。我感覺快哭了。他是如此靠近，他的話語是如此溫柔。

「那些和你在海灘的日子。」

「你在哪裡？」我再次問他，但是接著我想起某件事。如果他不在奧黛麗和羅伯在的地方，那我們兩個真的有機會。我真的可以把他找回來。他不像他們那般遙遠。

「我年輕的時候和孩子在一起。」奧黛麗從對面說。「如果我們在談人生的精彩回顧。」

托比亞從我的位置對她眨眼，我有股跳到桌子對面掐住她的衝動。我們就差那麼一點，在她說話之前，托比亞本來要說了。

「還有巴黎。」她說。她又把我們帶得更遠，比剛才更遠。「我很想念。」

「當然。」康拉德說。他輕拍她的手腕。「羅伯？」

「我的精彩回顧？」他問。

康拉德點頭，我聽到我旁邊的潔西卡嘆氣，音量足以聽見。「我清醒的第一年。我的每個小孩出生。」

「她們像薩賓娜嗎？」奧黛麗問。

羅伯笑了。「我很樂意說像。我剛說黛西喜歡唱歌。她讀藝術學院，學導演、寫作、表演。我知道她的母親擔心她做這種創作行業養不活自己。但我覺得她沒問題。」

「她有才華嗎？」奧黛麗問。

「非常。」他說。「而且固執。我想，就像你。」羅伯看著我，快速眨了幾下眼睛。「亞莉珊卓比較拘謹。她很早熟，一直是個老靈魂，而且很早就結婚。當時我還在。」

「你牽著她走進禮堂。」我說。

「是。」

「真好。」我並不想，但我還是不悅。我感覺喉嚨的情緒就像殘留的感冒糖漿，又黏又厚。既然我們快要沒時間了，我問他。

「你人好多了，他們又有你。」我說。「而我有的只是一個離家出走的酒鬼父親，到底為什麼，我甚至不記得。」

羅伯吐氣。「已經發生的事，我永遠改變不了，但我希望你認識她們。」他說。「她們一直很想見你。」

我知道。我有一封亞莉珊卓寄來的信，躺在家中的盒子裡，我從沒打開，即使已經超過十年。不知為何，和她聯絡感覺像是背叛我媽，像是她給我的還不夠。所以我沒有打開。

但今晚她不在這裡，只有羅伯在。

「你剛說，亞莉珊卓是牙醫？」康拉德問。

我看見羅伯的雙眼明亮起來。「她正在受訓成為牙科矯正醫師。她非常聰明，做得很好。奧利佛……」他拍拍外套口袋，然後似乎恍然大悟。

「他們說的是真的。」奧黛麗回應。「你帶不走。」

康拉德呵呵笑。「我還是要試試。」

潔西卡瞇起眼睛看著康拉德。「你的意思是，你還沒……」

「死？」康拉德幾乎大喊。「當然還沒！我活得好好的。你哪來的想法？」

潔西卡聳肩。「你就給人那種感覺。」

「死掉的感覺？」康拉德問。「真會講話。」

「不，她的意思是智慧。」奧黛麗說。「關於人生，她說得沒錯。活著的人需要智慧。」

「我知道我不能要求你什麼。」羅伯對我說。「但如果可以，我希望你找找她們，和她們見面。我覺得會有幫助。」

「幫助？」

「薩比。」托比亞說。「你知道他的意思。」

「我不覺得會有。」我說。

「可能會。」潔西卡說。「你又不知道。」

我看著她。因為在場的每個人當中，她應該理解。她媽媽另有一個家庭。潔西卡幫忙帶大三個弟弟。她媽媽懷她的時候還是個青少女，但懷弟弟的時候已經成年。接著她過世了，讓潔西卡承擔一切。

「我愛我弟。你知道的。」她說，同時打量著我。「因為他們，這一切才值得。而且那兩個女孩也想念他，就像你一樣。」

「我甚至不認識他。」我說。

我看著羅伯，他坐得筆直，一臉疲態，但是雙眼睜得老大。我看得出來我的話帶給他的傷害，但我還看到別的東西。他似乎滿懷希望。

「我有很多遺憾。」羅伯說。「我應該留給珍奈特更多錢。她沒問題，但我還是擔心她。我希望兩個女孩更大一點。我沒能參加黛西的畢業典禮。她現在需要父親。她經常和母親吵架。我希望我能見到我的孫子。」

「我一定要坐在這裡聽這些嗎？」我說。

「對。」羅伯說，整個晚上，這是第一次，我聽見他帶著權威的口氣說話。他看起來更高，而且更年輕。「薩賓娜，我有很多遺憾，關於我全家人，但是我和你在這裡。今晚我和你在這裡。」

快樂是選擇。

「他說得對。」托比亞說。「你可以生氣。你可以恨我們。但我們為你而來，全部都是。」

很沉重，太沉重了。在煉獄的托比亞，帶著遺憾的羅伯，和依然為他們兩人哀悼的我。

「亞莉珊卓寫過一封信給我。」我說。「我從沒打開。我只是太……」我望向羅伯。「我大概是不想那麼輕易。」

羅伯低頭看著桌子。他的手握拳靠近嘴巴，清清喉嚨。

此時我們的咖啡來了。

「喔！真是賞心悅目！拉花藝術！我完全錯過了拉花藝術。」奧黛麗驚呼。她雙手一拍，低頭盯著她的杯子。看起來完全不像演戲，雖然，再怎麼說，她也是個演員。

「『你』才賞心悅目。」康拉德對她說。奧黛麗臉紅。

「而且我不恨你。」我只對著托比亞說，但我知道整桌都聽得見。「我想你。」我說的時候微微抬頭，對上羅伯的雙眼。

十六

我們的最後一個夏天，托比亞被派到漢普敦幫蒙托克新的酒店拍照。我請假一天，和他一起去海灘。那年冬天已經不好過了，春天更是難熬。他對工作的不快和我們相反的作息不斷帶來負面影響。我知道我們需要相處的時間。他也知道，所以他安排了一切。他要求一間海灘上的平房（公司付費），並叫我請假，而且帶了我最喜歡的葡萄酒。

托比亞和麥提借了車（現在他有自己的車了），星期四先往東開，而我星期五出發，在蒙托克火車站和他碰面。下班後我搭了長島鐵路。自從來紐約的第一年後，我就沒再搭過。當時蘇密爾在律師事務所的老闆把房子借給他度週末，潔西卡和我打包兩元美酒（Two Buck Chuck）、桌遊、好幾袋爆米花上車。我們只是要去那裡度個週末，感覺卻像要住一個月。

當我看到站在月臺上的他，手裡拿著一朵向日葵，馬上就知道我們沒事。是他，托比亞。「我的」托比亞。不是那個有時候住在我們家，壞脾氣、被踐踏的人，而是那個多年之前我在聖塔莫尼卡碼頭愛上的男孩。

我奔向他的懷中，他把我抱起來轉了一圈。我可以聞到他身上的鹽味。「我們真的應該死守海邊。」他說。

那天晚上我們煮了龍蝦，在平房的露臺沾奶油醬吃。我從城裡帶了四瓶白酒，加上他的紅酒。我們喝了兩瓶，依偎在椅子上。我穿著他的運動衫，那是一件UCLA時期的舊衣服，聞起來就像他。我記得當時想著，這就是我想待的天堂，此地，此時。我們兩人、奶油、夕陽，一切都變得流動、朦朧、金黃。

「我們為什麼吵架？」他問我。「我們不需要，那很蠢。」他的臉在我脖子的凹洞摩擦。我感覺他的鼻子輕觸我的鎖骨。

「我知道。」我說。「真的很蠢。我只是希望你快樂，而且有時候我覺得你不快樂。」

「我很快樂。」他說。

「但是。」我坐起來，把手放在他的胸口。「有時候我感覺你把工作的事怪罪在我身上。好像如果你留在加州，現在就是在拍《浮華世界》。」

「那太扯了。」他說，但我知道不扯。我聽得出來，他試著掩蓋他的語調。

「一點也不。」我把他的臉轉向我。我看著他的眼睛。「你為了我回來，但如果你不是真的想待在這裡，那樣還是不夠。我愛你，但是如果你不快樂，就沒有意義。」

托比亞把我抱到他的大腿上。他的臉靠得如此之近，我看不清楚他的五官，只能看見平滑的輪廓。「我已經怪罪給環境。」他說。他的聲音低沉沙啞，近乎呢喃。「但我不想再怪罪了。」

我的胸口感覺他的心跳，他的呼吸在我的下巴散發溫熱。「好。」我說。

「我知道這樣並不公平，但我希望你原諒我。」

「托比亞。」

「拜託？」他問，雖然那並不是個問句。

「當然。」我說。

我親吻他，他的雙手環繞著我。他抱我進臥房，裡頭盡是白色與藍色，還有一點海水泡沫的綠色。我沒有多想，我沒有去想那是什麼意思，那些他向我承認的事。我只是想著他希望既往不咎。在某一刻，他決定我們的未來比過去更重要。單純就是如此。

「我們就待在這裡吧。」他對我說。我們赤裸躺在床上，像樹根般互相纏繞。

「我們可以靠釣魚生活。」我說。

「我可以學些打獵技巧。」

我笑了。想像托比亞打獵，實在好笑。他這六個月已經沒吃那麼多紅肉了。他以為我沒發現，但是我有。他在家裡放了一本《雜食者的兩難》。他沒說，但他逐漸改變飲食。他不再點漢堡，不是不把漢堡當主食，但他開始買全素的肉和烤蘑菇做為蛋白質來源。

「我會採集。野草、堅果、種子。我們可以用竹子蓋一個家。」

托比亞對著我挑起眉毛。「樹屋？」

「冬暖夏涼。」我說。

「聽起來很棒。」毛毯底下，他的手在我身上移動。「只有我們兩個。」

我沒有思考他的話，但我應該要。那些圍繞我們的幻想，他的、我的、我們兩人的，關於只有我們兩人的幻想：在某個地方，其他人、這個世界所有政治與社會要求完全觸及不到的地方。與世隔絕、不受干擾的時候，我們才是最好的。海灘、公寓、窗戶緊閉的臥房。我們的問題不是我們在一起，而是我們在這個世界——要我們向現實妥協我們的戀情的世界。

如果可以，我記得我那麼想，雖然不確定如果可以怎樣。

10:17 p.m.

「你想說什麼嗎？」我問潔西卡。她一直在椅子上又扭動又嘆氣，持續好幾分鐘。這是她對什麼有意見的明顯徵狀。

「你不在乎我的想法。」潔西卡說。「又何必問我？」

「並非如此。」托比亞越過我說。「我在乎。」

潔西卡吐氣，對他翻了白眼，但那是友善的白眼。我忽然想起他們在起居室地板一起玩金拉米（gin rummy）的畫面，以及托比亞放水讓她贏。

羅伯專心喝他的卡布奇諾。桌子的對面，康拉德和奧黛麗傾身向前。

我張開嘴巴想說什麼，想反駁她，告訴她我想知道，我當然想，但我想想她說的話。我不在乎，托比亞和我在一起的時候我不在乎。我感到壓力，接著煩躁，也夾雜傷痛，來自她已經打破我倆之間的承諾這個事實。一輩子的朋友，至死不渝。我想在她所在的地方，但我也知道托比亞沒有準備接受那種現實生活。也許我怨恨她已經擁有。

「我也想。」我對她說。

潔西卡嘆氣。她把一些頭髮塞到耳後。「你們彼此都認為自己比對方愛得更多。」

老實說，我確實那樣認為。我追查他；我買下那張照片；我堅守這段感情，彷彿我們是指路的星星。然後，當情況變得曲折，我是那個如履薄冰的人。我讓步；我墊著腳尖在我的房間走動；我付房租，而且小聲說話。

「也許那是真的。」托比亞的話來得驚人。我沒想到他會用這麼廣泛的詞語承認我們失衡的關係。

「我愛你更多。」我說。「我不怪你。是我自己選擇那個角色。園丁，記得嗎？」我努力擠出笑容。

托比亞一隻手搓著臉。他的脖子肌肉繃緊。整個晚上，這是我第一次發現他煩躁，也許甚至是生氣，像古龍水一樣從他身上飄散出來。

「從你認為那是事實，就表示不是。」托比亞說。

「你沒有愛我更多。要說的話，我愛你更多。我放棄我的工作回到你身邊。你卻從來沒有完全接納我。你總是準備逃脫。」

他聲音裡頭熟悉的走調讓我的胃翻滾。這和那些爭吵的早晨他說話的音調如出一轍。我旁邊的潔西卡點頭，更令我的煩躁和托比亞的不相上下。

「看吧？」潔西卡說。「因為自己為對方放棄的所有事情，你們兩個開始心生怨恨，然後那種怨恨佔滿所有空間，排擠所有好的事情。看了就難過。」

托比亞搖頭。「薩比，我真的非常希望你快樂。但有時候我覺得就是不可能。」

「有時候我也覺得不可能。」我說。我感覺頑固、不服——這不是現在應該發生的事。這不是我們回去的方式。

「所以你們太愛對方了。」羅伯說。「那是可能的嗎？如果你愛，難道可以拿尺之類的東西來量？」

我思考那句話，我認為我對托比亞愛的沒有邊界、限制，沒有確切的量。沒有盡頭。而我也認為我無法選擇。我們又找到對方，在紐約市！況且是克服萬難。我們的故事除了相知相守以外沒有其他結局，即使有時那會令我們兩人悲慘。

「相信自己愛得更多的人也相信自己付出更多。」潔西卡說。她的聲音無精打采，帶著精神導師的調調，令我想起我們認識頭幾年。「而那會導致怨恨。」

「靠。」康拉德說。

我們全都轉向他，不可思議。康拉德整晚都沒說出不雅的詞。

「真的嗎？」康拉德說。「人生本來就不是十全十美。我在運氣很差的時候認識我太太。我才剛被第一所任教的大學解雇。我沒錢，不確定會不會繼續教書。」

「發生什麼事？」奧黛麗問。她的語調急促，一隻手拍著康拉德的上臂。

「系所預算刪減。我是新來的，當然先辭掉我。不是針對我，但我難以釋懷。二十七歲，你知道的。」

奧黛麗點頭。

「她在聖塔羅莎的社區圖書館工作，我會去那裡工作，瀏覽職缺廣告。當然那時還沒有網際網路，我們只能用紙筆。」

康拉德逕自笑了。「我們因為福克納和葉慈墜入愛河。只要看到我，她就會拿新書給我讀。最後，她問我能不能為我煮飯。我當時看起來一定很窮。」

「你當時住在哪裡？」潔西卡問。

「以前的移民公寓。」康拉德說。「一張床和一個臉盆。我覺得很丟臉，無法帶她過去，所以提議在公園野餐。」

「你真敢！」奧黛麗說。她的眼睛又大又圓。

「她帶著一籃起司和她自己做的酥皮捲來。那仍然是我吃過最美味的東西。之後她讓我住在她家。她在市郊有間公寓，我在那裡住了兩年，做些奇怪的工作，直到另一所大學開出職缺。那兩年，她用圖書館的薪水付我們兩人的帳單。我永遠也無法償還。」

康拉德直視著我，而我明白整晚直瞪著我的是什麼。

「她怎麼了？」我輕聲問。

康拉德表情嚴肅回看我。「早發性阿茲海默症。」他說。「距離現在大概是五年前。」

羅伯插話。「真遺憾。」他說。「那一定非常難受。」

「她不想帶著這個病活太久。確診後，她要我承諾。」

「我們並不知道。」奧黛麗說。「天哪，我感覺好糟。」她原本拍著康拉德的手，這下停在半空中。

「她當時幾歲？」潔西卡問。

「六十四。」康拉德說。「太年輕了。」

「真的太年輕了。」潔西卡同意。

我突然哽咽，我害怕如果我用力呼吸，全部會化成嗚咽滾出喉嚨。這個男人，這個整晚坐在那裡的男人，聆聽且給予，慷慨且耐心，他也失去了某人。而我們之間交織的網，我們全部，包括那些應該在這裡但不在的人，都令我雙手顫抖。

*我們都在這裡和你一起。*托比亞剛才說過，但我現在懂了。意義多麼重大。他們每個人的犧牲多麼重大。

「我們兩人都愛得比較多。」康拉德說。「我們只是輪流。」我看著托比亞。*愛是一種心理狀態。*

「你一定很想念她。」我對康拉德說。

他點頭，然後他做了件奇怪的事。他對我眨眼。

「但是。」他在桌子那端直接對我說，感覺就像用餐的人群之中只有我倆。「馬照跑，舞照跳。」

十七

海灘的夜晚迎來曙光。我們清早醒來，依然籠罩在愛、美酒、性的雲霧之中。我們開著麥提的車進入阿瑪根塞特，很快就找到停車位。時間還早，街道幾乎淨空。戶外唯一清醒的是帶幼兒的大人，看起來是為了另一半多睡一會兒。三輪車悠閒漫遊街上，輔助輪在後方跳動。一對穿著慢跑衣褲的夫妻經過我們，邊跑邊聊。

我們在傑克的店買了咖啡和瑪芬蛋糕，接著走向海灘。時間很早，可能是上午七點，我仍穿著托比亞的運動衫。除了幾個晨跑的人和兩個練習瑜珈的女人，整個海灘都是我們的。冰涼的空氣略帶鹹味，而咖啡溫暖，沙灘濕潤。我把牛仔褲捲到腳踝，我們決定散步。

「我很高興我們來到這裡。」我說。「這裡真是天堂。」

沙灘的晨霧濕潤朦朧，感覺就和冬天的紅酒與壁爐一樣舒服。我在加州長大，但覺得還是沒有其他沙灘如同東岸。沿著海岸漫步的時候，我有一種感覺，如果朝大海丟出一個瓶子，瓶子就會漂啊漂，直到抵達目的地。站在海岸，一切如此寬廣、開放、沉靜，這就是當下我對我們之間的感覺。已經開始煩擾我們的生活瑣事在這裡並不存在。這裡沒有鬧鐘、相反的作息，也沒有乏味的工作。

「我也很高興我們出來。」托比亞說。他把我拉過去，在我的臉頰種下一個吻。

「我們冬天應該再來。我打賭這裡沒人。」

「噓……」托比亞說。「現在專心。」

他牽起我的手。他的手指因為拿著咖啡而溫暖。我與他十指交扣。我們像那樣走著，幾乎沒有說話，將近半個小時。海洋充滿禪意；海浪湧進能量，也撫平憂慮。

當托比亞單膝跪下，我以為他跌倒。

我伸手拉他起來。我的眼神還望著前方的大海，直到聽見他叫我的名字，我才轉頭，發現他跪著。

他的臉上掛著那個笑容，明亮開闊，略帶一絲頑皮。

「嘿！薩比，我想問你一件事情。」

「不。」我說，雖然那和我的感受完全相反。我全部的感受，全身每個細胞，全都閃耀光芒，說著「我願意」。

「我愛你。那麼簡單，也那麼複雜。世界上沒有其他人，就是你。」

「你在說笑。」我說。「好了，起來。」我不敢相信，感覺超越現實，就像我們只是水彩，隨時可能會被沖走。

「我不是。」托比亞抬頭看我，而我看見這些年來我認識的那個男孩，在完全不同的海灘，面對完全不同的海洋。「薩賓娜，你願意嫁給我嗎？」

我們身旁的海浪拍打上岸，而我記得心裡想著，我想大喊我的答案。我想和海水狂野的力量較勁。但我也記得我們兩人一年前的對話，當時托比亞的抗拒。

「你確定嗎？」我說。那一瞬間，我想要阻止我們。我不希望這件事情是因為我。我希望這件事情是因為他。我希望他想要。

托比亞微笑，幾乎要笑出聲來。「我要你嫁給我，你問我確定嗎？」

「是。」我說。

「喔，這下有點複雜。是，你是問我確不確定，還是——」

「願意。」我打斷他。

他把我拉到沙灘上親吻我。我甚至沒注意到沒有戒指。

我們回到平房，喝了冰涼的香檳，接著，開始下雨的時候，把棉被從床上拉到雙人沙發，看著我們這才真正第一次看的電影——《羅馬假期》。托比亞把電影下載到電腦，然後用某種跨接線連上電視。

托比亞在燒烤餐廳訂了位子，是一棟時髦的東漢普敦建築，但最後我們取消，改吃民宿贈送的酸奶洋蔥洋芋片，配上托比亞帶來的紅酒。沒有欣喜若狂打給父母的電話，沒有Instagram的照片。在東岸，所有重要的事情只有我們，以及我們剛才給對方的承諾。永遠。

10:28 p.m.

康拉德和奧黛麗之間有事。我們還在等待甜點，但他們轉向對方，而且過去三分鐘，和桌邊其他人完全沒有互動。他幫她的水杯加水，接著，動作誇張地撿起她掉在地板的餐巾。我們其他人不再和旁邊的人說話，全都看著他們，像看著電影的最終幕。

「這個結局不可能好。」潔西卡小聲對我說。

「怎麼會？」我問。

潔西卡看著我，好像我是白癡一樣。「她死了，記得嗎？」

我想著康拉德的妻子，想著過去幾年他一直孤單一人，想著他會不惜一切與她共進晚餐。還有他的話：馬照跑，舞照跳。

康拉德靠近奧黛麗，在她耳邊細語，然後她笑了，並將手輕輕貼在胸前。

「不好意思。」潔西卡對他們說。「有什麼好笑的事嗎？」

奧黛麗似乎被逮到，彷彿她暫時忘記自己在哪裡。「喔。」她說。「喔，我很抱歉，康拉德剛才說了些劇場的軼事，我聽了好生歡喜。」

「我們也想聽。」潔西卡說。她在調侃他們，但大概只有我和托比亞發現。

「別鬧了，在這裡我們是老人。只是聊聊過去。」康拉德說。

「確實如此。」奧黛麗說。「我覺得我無法活在今天。那些手機，每個人的頭都埋在裡面。」

「為何如此？」羅伯說。「我女兒也是手機不離身。我以前很討厭手機，但我知道我太太現在誇讚不已。她和女兒相隔兩地的時候，她會用……」他把手舉到面前，彷彿對著手說話。

「視訊？」托比亞幫他。

「對，和寶寶視訊通話。」

「你怎麼知道？」我問。「他出生之前你就過世了。」

「我會關心一下。」羅伯說，幾乎害羞。「我也會關心你。」

我看著托比亞。

「是。」他說。

我睜大雙眼，又閉上雙眼。奧黛麗和康拉德現在肩靠著肩，兩人都不打算移動。

「只是關心你愛的人？」

「當然。」奧黛麗說。「雖然隨著你繼續……你也較少那樣。繼續生活是必要的，即使在那裡。」

她盯著我的眼睛，於是我望向別處。「你希望你還在這裡嗎？」我問她。「你想嗎？」

奧黛麗瞄了康拉德一眼。「這個問題很難回答。」她說。「我會很老。」

「你曾希望能有更多時間嗎？」我問。

「我本來可以和聯合國兒童基金會合作更多工作。」她說。「我很喜歡後來和他們共事的時光；我會希望能多做一點。當然還有孩子。」

我不禁覺得，那沒有真的回答問題，而且我看得出來奧黛麗也知道。

「你不會想念，如果你是在問這個。」她說。「人生很苦，現在不會。」

「她說得對。」羅伯說。「現在就像最美好的星期天，真的。」

如果我早就知道，如果我早有準備，如果不是托比亞坐在我身邊，而時間就像沙漏裡不斷流逝的沙，我還想問問題。我想知道人死的時候是怎麼回事，你會不會穿越隧道，是否有一道光。我想知道你能不能和人出去，能不能再次看見你失去的人，還有，輪迴怎麼進行。但我們在一頓晚餐能做的只有那麼多，而優先順序早就安排好了。

「說得好。」康拉德說。他拍拍她的手臂，而她臉紅。

「有天你會知道。」她輕輕說，用她的招牌輕柔語調，那個讓她走紅的聲音。全桌頓時安靜，就連托比亞也出神地看著她。

「你呢？」康拉德問托比亞。「你說不同。」

「其實是我說的。」奧黛麗說。

「但真是那樣？」康拉德問。

「是。」托比亞說。「真的是。」

「為什麼？」

托比亞看著我。「我覺得我還處在中間。」他說。「我希望這頓晚餐可能會解決這個情況。」

「那很常見嗎？」康拉德問。

「我不知道。」托比亞說。「我不覺得。」

我再次感覺到希望的火花。他沒走，還沒。事實上，他的坦白讓我覺得極有可能帶他回來。

坐在我旁邊的潔西卡不發一語。她低頭看著她的茶，我發現其實她在哭。

「潔西卡。」我說。「怎麼了？」

「你覺得她看著道格拉斯嗎？」她問我。「她沒有……」她講到一半，於是我想起來。

當然是想起她的母親，想起把她帶走的癌症，想起她的缺席——潔西卡的畢業典禮、婚禮、兒子出生。她願付出一切和她共進晚餐，換來一個晚上，告訴她所有事情，以及一切是多麼不公平。在她在的地方，觸摸她、凝視她、哀悼她。

「是。」我說。「當然是。」

瞭解到這點——這頓晚餐，無論結果是什麼，都是從天而降的幸運，是命運的眷顧，是意想不到的財富——於是我轉向羅伯。

「我曾經找過你。」我告訴他。他猛地從奧黛麗那裡轉向我，速度快過掉落的水滴。「我發現你在加州。我甚至去了你家，但我沒有勇氣敲門。」

「什麼時候？」羅伯問。

「我當時十六歲，大概吧。」我說。「我跟媽借了車。我坐在車道的時候她打給我。我不記得為了什麼事。她問我要回家了沒，還是晚餐要吃什麼。我一掛斷她的電話，立刻迴轉開走。」

羅伯低下頭，然後點頭。「我瞭解。」

「感覺就像背叛。」我說。「我很抱歉。我希望當時我進去。」

「你的母親？」康拉德問。我點頭。

「她會希望你進去。」奧黛麗說。她往前把重心放在手肘，她整晚都未曾這樣。「雖然她現在不知道這件事，但她會。這種小事……」

「這不是小事。」潔西卡說，她的語氣略帶不平。「他離開她們。薩賓娜的媽媽撫養她長大。」

「你剛才說她叫他離開。」康拉德說。

「她沒有選擇。」潔西卡反擊。

我好愛潔西卡，我記得她有多愛我媽。無論何時，我媽寄補給品到我們的公寓，總是寫著「女兒們」。還有當她進城，我們三人會一起去吃晚餐。她現在還是每年都買生日禮物給潔西卡。她知道潔西卡的母親過世，儘管邊緣，她仍盡她所能主動遞補那個位置。

「當然。」奧黛麗說。她依然傾身向前。「這些事情並不互相排斥。他確實離開，而他此時在這裡。薩賓娜的母親會希望她原諒他。」

「喔。」羅伯說。「我不——」

「你是。」奧黛麗說。「那就是你在這裡的理由。」

我看著康拉德，他也用直接的眼神回應我。「她說得對嗎？」他說。

我想想我的父親，想想坐在我旁邊的托比亞。關於我生命裡的男人，他們都沒有實踐我對他們的種種需求。但是我告訴托比亞，我不會和他在一起。難道我沒有責任？

我看著奧黛麗。我看見一股從未見過的力量，今晚從未見過，也從未在銀幕上見過。她的五官、她的聲音、她的身體，永遠都像隻鳥，天生如此細緻精密，傳統的強壯似乎永遠和她無關。但是現在我看著她坐在這裡，散發沉穩的光芒，而且她巨大無畏，占滿整個房間。

「她當然是對的。」我說。我依然看著她。

「原諒。」康拉德重複，彷彿是他掌中把玩的石頭。「施比受更有福。」

「有件事我要先告訴你。」羅伯說。「可能會改變你的語氣。」

「快說。」康拉德說。「不要浪費時間。」

「記得我剛才告訴你的故事？關於你媽流掉的寶寶。」

「是？」

「流產不是由於自然因素。你母親出了車禍。」

「天哪！」康拉德說。「可憐的女人。」

我身旁的潔西卡不禁畏縮。我不需要聽完就知道接下來他要說什麼。

「當時開車的是我。」羅伯說。他看著我，而他的雙眼充滿痛苦。瞬間，我想起死後不再受苦的保證。

「我醉了。我們去紐霍普吃晚餐，然後我開車回家。我喝了太多酒。你母親說她要開，但我說我沒事。畢竟她懷孕了，我不想讓她太累。」羅伯的拳頭在嘴邊緊握。「我們打算叫她伊莎貝拉。」

「好美的名字。」奧黛麗說。

羅伯給她一個淺淺、難過的笑容。

「是我造成的。我不期待你原諒。我不值得。」

我想著潔西卡的媽媽、康拉德的太太。這個降臨在我身上，奇怪的機會。

「你值得。」我說。我的雙手在我的大腿上顫抖。「我們兩人都值得。」

十八

「托比亞求婚?!」回到城裡的火車上，我和潔西卡通電話。托比亞要在蒙托克繼續待上五天，完成攝影工作。我告訴她的時候，她先是大叫，然後說了三次「快告訴我來龍去脈」。

我努力回想上次潔西卡見到托比亞，結果想不起來。也許是冬天，他們辦的派對？她和蘇密爾的房子整修好後，舉辦新家派對，我們去了。她帶著我們走了家裡一圈，指出還需改進的地方，而他們的朋友，名字分別是葛瑞絲、史提夫、吉兒，一個個跟在後面。我不知道她在哪裡認識他們。雜貨店？人們生小孩以前，在康乃狄克怎麼交朋友？

「還有這裡，」潔西卡說，「是蘇密爾的辦公室。等我把一些衣服清掉之後。」我們來到主臥室外面走到底的小房間，那個房間只有一個小窗和風扇。

「辦公室，呵？」吉兒說，接著傻笑。潔西卡把手放在臀部，像個女孩般搖頭，活像五〇年代電視節目裡頭婦女會的人。寶寶。我記得當時這麼想。

然後其中一位朋友，假設是葛瑞絲好了，問我們：「你們結婚了嗎？」

「沒有。」潔西卡代我回答，語氣有一點嗆。「他們反婚。」

「我們是嗎？」托比亞說。他伸出手臂環繞我的肩膀，把我拉向他。

「我們絕對反離婚。」我說。

「對！」托比亞大呼。「正是如此。」

潔西卡翻了白眼。「你們根本是小孩。」她說。我不瞭解當時她有多認真，但是現在，電話線上，我可以聽見她歡呼，還有其他聲音——鬆一口氣的聲音。我總算做了她希望我做的事。也許，只是也許，最後我們還是會在同一邊。

「我們在海灘。」我告訴她。「我們早上去散步。當時很早，大概七點。他單膝跪下，問我要不要嫁給他。」

我旁邊戴著棒球帽的男人拿下他的耳機，給我一個犀利的眼神，接著戴回耳機。我降低音量。

「他『說』了什麼？」潔西卡追問。「我要知道這裡的細節。」

「他說他愛我，問我願不願意嫁給他。」我說。「很簡單。」

「噢，我的天。」潔西卡不只重複一次。「你說願意嗎？」

任何人問這個問題，都會是廢話，甚至笑話。除了潔西卡，我知道不是，至少不完全是。我停頓。我可以感覺到胃裡的怒氣沸騰。她彷彿在問，你真的會結婚嗎？或者，你終於願意承認你很正常，就和其他人一樣？

「我當然說願意。」我試著維持平淡的語調。

電話那頭先是無聲，接著：「我好為你高興。我們什麼時候可以開始規劃？」

托比亞和我還沒討論婚禮，我們整個週末都在床上，討論我們想要去哪裡旅行，我們想要怎麼整理公寓——中國，臥室裝上窗簾。我們還沒談到夏天或冬天、教堂或室外。我甚至還沒想到要提。

「我不知道。」我說。「才剛發生。」

「好吧，那麼，現在立刻傳戒指的照片給我。」

兩好球。沒有戒指。托比亞說，求婚是臨時起意。「但是我當然一直在想這件事。」他說。「我想和你共度人生，你知道的。這不是一時興起。」但是儘管如此，他還沒買戒指，反正當時他也沒有現金。

「我們會一起去挑。」我說謊。這不是我第一次對潔西卡說謊，但也許是第一次跟托比亞有關，而且謊言感覺更大。那是關於我們未來的謊言，我和托比亞的未來。說這個謊——關於我們的婚禮與婚姻，到頭來其實我非常渴望——感覺永遠不會停止，感覺我們整個未來將是一半事實一半編造。週末的喜悅沉澱在我的胃裡，然後轉為害怕，彷彿餿掉的牡蠣在裡頭翻滾。

我回到家，門上有張管理員的留言。明天三點有人要來檢查排水管線。我到時可以在家嗎？

我把包包丟在門邊，栽進從雀兒喜的公寓搬來的椅子。我想過打電話給我媽，但她也會問潔西卡問的細節，而我無話可說。我在海灘和托比亞一起經歷的幸福氣球已經被潔西卡的電話戳破。我不想再經歷一次。

我打給托比亞。

「嘿。」他說。「還好嗎？我現在不能講話。」

我可以聽見他身旁作業的聲音。「當然。」我說。「很好。」

「薩比，怎麼了？」

「我們這個週末都沒談到婚禮，這樣好嗎？」

他停頓。我可以聽見氣息穿過他的嘴巴。進，出，進，出。「你是認真的嗎？」

「不是。」我說。「是吧，也許。」

「聽著，我得掛了。」他聽起來很煩。不，他聽起來很失望。好像結果我就跟其他人沒有兩樣——傻笑、頭紗、滿天星、粉紅緞帶。我的胃也扭曲起來。

「好吧。我很抱歉。祝你拍攝順利。」

「我們沒事吧？」他問我。

「很好。」我說。

他掛斷電話。

和潔西卡通話帶來的不安，此時轉為憤怒。雖然經常不成功，我仍努力假裝我並不在意潔西卡不贊同我的生活。但其實我在意。我希望她像從前那樣瞭解我。我希望她嘲笑貝絲和吉兒，而不是和她們同一國。我希望有人建議蘇密爾的辦公室可以當成嬰兒房的時候，潔西卡會翻白眼。因為，寶寶，你當真？難道我們不是聽到寶寶就過敏？難道我們不是笑著說永遠無法放棄喝酒和睡覺？那才是我們，不是嗎？

感覺就像所有她曾經相信的事，她歸因宇宙的所有深層真理，現在都只是女孩的幻想、痴人的夢話。她已經成熟，所以不玩了。而且最瘋狂的是，我們甚至不到三十歲。這裡是紐約。三十歲前生小孩需要擔心，而非慶祝。沒有人二十五歲就結婚。她才是那個選擇了不同路線，必須搬到別州的人。那裡才會有人瞭解他們的人生抉擇。這不是我的錯，是她的。

我在我們的小公寓，坐在椅子上，越想越火大。她無時無刻如此嚴厲批判我的生活。我訂婚了，但這樣還不夠好。「我」永遠都不夠好。

於是我回電給她。我想對她大吼，我不想再這樣下去。我再也不想知道我做錯什麼，我受夠這種假裝的友情。她不是那種我想愛的人。她覺得我不會和她一起成長，我不會……

怎樣？搬到郊外，住在隔壁，生個寶寶？我又生氣又難過。她離開了；她毫不猶豫、輕輕鬆鬆、快快樂樂，就放棄我們一起經歷的一切。但是語音信箱的聲音傳來：嗨！我是潔西卡．貝迪。請留言，我會盡快回電。謝謝，再見！

我掛斷電話。潔西卡甚至改了名字。她以前是潔西卡．科克，現在是潔西卡．貝迪。我用自己的批評回應她的批評，直到我感覺自己更有道理，更好。她只想聊寶寶和抱枕，飯廳燈罩的顏色選擇蛋殼白會不會太藍（她有飯廳！）。她甚至還沒懷孕。我向自己解釋，她已經沒得玩了，所以嫉妒我還在這裡，在城裡。我忽視那個事實，當個紐約客從來不是潔西卡的夢想。她永遠只想要蘇密爾，就像我永遠只想要托比亞。我們的現實現在如此水火不容，到底是誰的錯？

我記得一個小時後她回電。我接了起來。她的聲音聽起來很累，好像剛睡醒。「抱歉，我沒接到你的電話。」她說。「怎麼了？」

「沒事。」我說。「不小心按到了。」

10:35 p.m.

「你幾乎沒說話。」潔西卡對托比亞說。我感覺到她的焦慮正在上升。自從我坐下，尤其是羅伯坦白之後，她因為她的母親流淚。過去幾分鐘，整桌的人因為等待甜點相對安靜，但甜點還沒來。

「沒有嗎？」

潔西卡搖頭。「沒有。你一直回應其他人。我還是不知道你到底怎麼看待我們。」

康拉德對著我揚起眉毛。「潔西卡，你是個尖銳的評論家。」他說。

「你真委婉。」托比亞說，但他在笑。

「呃，」奧黛麗說，「也許潔西卡說得對。托比亞，你對這一切有什麼想法？」

「覺得奇怪。」

「那還用說。」潔西卡說，一臉不耐煩。

「我覺得難過。」他說。「因為薩比很痛苦，但我無能為力。因為我死了。那種感覺不好。」

他抬頭看我，而我看見他右邊的眉毛挑起，彷彿在要求微笑。我給他一個微笑。

「你是我此生的至愛。」他說。他伸出一隻手捧著我的臉。他的指尖讓我感到放心。

「我的意思不是這樣。」潔西卡說。

「潔西卡，夠了。」我說。

「不，不夠。他死了，記得嗎？」

一股冰涼的寒流進我的血管。「記得。」我覺得冷，所以拉緊毛衣。「而且我正努力修補這件事。」

「我希望托比亞就和旁邊那個人一樣，是活生生的。」潔西卡說，胡亂指向康拉德。

「謝謝。」托比亞告訴她。「也許吧？」

「但是。」她舉起手。「我認為假裝你們兩人之間的一切彷彿永遠完美，這樣有害而無益。你們之間並不完美。有很多事情就是沒有辦法。你們也知道。所以你才不和他去洛杉磯。」

「才不是。」我說。「當時我有工作，記得嗎？我有生活……」

「喔，拜託。才不是。因為你怕他背叛你，或怕他像你父親那樣離開，或任何你說的狗屁理由。你根本不確定他是對的人。」

「對不起，薩比。但是如果我們打算修補，我們應該好好修補。這個故事不是只有你單方面的說法。」

「你錯了。」我說。

「我說的是事實。」潔西卡說。「你知道他是藝術家。你擔心經濟不穩定。你知道他把攝影看得比所有事情都重。你就承認吧。」

「別說了。」托比亞說。他伸出手，停在半空中。那是我整晚看見他最大的動作。「薩比知道她對我的意義。」

「是嗎？」潔西卡問。「因為我坐在這裡，十年了，我還是不確定。」潔西卡轉回來看我。「你要別人要的東西。你要結婚，你要知道你可以付房租，你要某個會露臉的人。那不是犯罪。現在也不是。」

我望向托比亞，忽然感覺可恥——被拆穿了。彷彿這個對話應該私下進行，而非在羅伯、康拉德、奧黛麗．赫本面前。

「是真的嗎？」托比亞說。

「有時候。」我說，因為我只能這麼說，而且音量微弱，近乎氣音。「我不確定我們真的會一起走到那一步。」

托比亞彷彿備受打擊。我看了很想哭。

「我要你知道，對我來說，你永遠超乎所求。」他說。他吞了一口。「現在。今晚。」

「不一定要今晚。」我說。「我……」

「你要自欺欺人到什麼時候？」潔西卡問。她扯開嗓門，幾乎形同大叫，聲音大到幾個剩下的客人轉過來看。「你無法把他找回來！你無法修補，而且你明知道。我不能繼續坐著讓你欺騙自己。要不要認清事實隨你，但是今晚結束，你又是一個人。」她的話像利齒將我撕裂。我感覺已經被風吹倒在地。

「潔西卡。」托比亞插話。「我想那樣夠了。」

潔西卡看著托比亞。我發誓我以為她會越過我去揍他。

「對不起。」托比亞繼續。「我從沒向你道歉。洛杉磯之後。我相信療傷並不容易。」

「真是討便宜。」潔西卡說。她的語調很酸。

「傷心的青年藝術家需要遠走高飛尋找自己；夜裡以淚洗面的女人思念著他。你們不是小說裡的人物。你們是人。而且你們兩人就是他媽的不肯承認。」

「你是藝術家？我以為你是攝影師。」康拉德說，他打斷緊張。

「只是概括！」潔西卡激動地說。她這下更火大了。

托比亞舉起手撐著額頭。

「我不知道你要我們說什麼。」

「就說吧！」潔西卡說。「什麼都好。你聽到羅伯說的了。」她擺頭示意羅伯。「我們只有今晚才能這樣。你想回顧所有細節，還是你想幫助薩比走出陰霾？」

「不。」我說。「不要幫助我走出陰霾。」她正在誤導我們偏離航線，我必須把船轉正。此時我們的甜點來了。服務生端著餐盤出現，開始擺設桌面。舒芙蕾、冰淇淋、附贈的冰沙。他問我們有無其他需求，沒人回答，於是奧黛麗禮貌地請他離去。

我剛才說的話還非常清晰。我感覺潔西卡全身緊繃，坐在我旁邊。所有目光都聚集在托比亞身上。

他靠向我。我以為他打算再次拉起我的手，我要他再次拉起我的手。但是他反而親吻我。他把我的手拉到我的臉頰緊緊貼著，然後親吻我的嘴唇。他的嘴唇冰涼，好像才剛喝了一口冰水。但是涼感很快就被另一種壓縮的感覺取代，如此巨大，彷彿坍塌。彷彿我被一股漩渦吸入，進入「他」的空間。他不在那裡，而是「他」這個空間，接著是我們。另還有些懸浮的空間。於是我明白，坍塌的完全不是空間，而是時間。此時，此地，他還活著，我們還在一起，沒有分離，沒有之前或之後。只有我們在聖塔莫尼卡的海灘，我們在我們的公寓，我們和麥提玩拼字遊戲，我們和潔西卡一起做晚餐。回憶層層往上堆疊，而這個瞬間延展得好大，覆蓋一切。

十九

一個月後，我們買了戒指。那天是九月末的星期天下午，我們在上城。人不多，天氣很好。而且上東區的人們正把握格外溫暖的週末，都往東邊去。感覺我們獨占公園大道，某方面彷彿那也不無可能。我們剛從古根漢美術館出來，裡頭正展出愛德華．霍普的回顧展，托比亞想看。之後我們決定散步。我們本來可以在賽拉費納（Serafina）午餐，或在莫瑞（Murray's）買幾個貝果，但當時我們只是散步。那是晴朗無雲的下午，有點曬但不至於曬傷。街上還是有些人，而我們都戴著帽子，隱形起來。

我們十指交扣。我還記得低頭看著手，純粹的皮膚，沒有金屬或塑膠。上個月我們完全沒有討論婚禮，除了告訴幾個重要的朋友和家人——我同事琴卓；我媽奇蹟似地沒問任何問題。事實上，不知不覺我也開始懷疑，如同潔西卡起初的反應。我們完全沒有討論訂婚，漸漸開始感覺好像根本沒這回事。

「我覺得我們需要戒指。」我說。托比亞看著前方那隻被主人鬆開牽繩的法國鬥牛犬。

我看得出來他沒聽到。

「托比亞。」我說。他忽然轉頭看我。「我們訂婚了。我們應該戴個戒指。」

我不確定他會如何反應。幾個禮拜前我在電話裡頭提起，當時他非常反感，我不希望再來一次。但我開始覺得，如果我不提起，也不會有人提起，然後我們就會忘記，於是永遠不會訂婚。

「好啊。」他說。「你想要什麼？」

我晃動我們依舊交扣的手，把自己拉向他，親吻他的臉頰。「我不知道。我只知道我想要個東西。」

我還沒真正想過。我不是那種夢想擁有大鑽戒的女孩。即使我們負擔得起，當然我們負擔不起，但那也不適合我。我想，也許彩色的寶石，紫晶或紅寶石？某種顏色飽和、感覺復古的戒指。

「來吧。」托比亞說，接著把我拉到前面。「我知道一個地方，我們可以去看看。」

我們沿著七十一街前進，然後左轉。第一和第二大道之間有家小小的古董店。托比亞從沒帶我去過，但他提過這個地方，說是他偶爾會去的店。我剛在紐約認識他的時候，他在那裡賣了一個舊的皮革公事包，那是他需要快點拿到一百元的時候。我猜他現在還是；我只是不覺得他還會典當東西。

那家店位在低調的街區，一棟需要走下很多層階梯的褐石建築。我們按了門鈴，老闆開門讓我們進去，她叫作英格麗，看起來七十多歲。她親了托比亞兩次，一邊臉頰各一次。她很高興看見他，但似乎不驚訝。

「帥哥。」她搭著他，與他間隔一隻手臂的距離。「又帶點邪氣。」

托比亞笑了。「英格麗，這是薩賓娜。薩賓娜，英格麗。」他靠到她身邊，彷彿準備透露什麼祕密。「薩賓娜是我的未婚妻。」

英格麗睜大雙眼，接著雙手一拍，轉向我。我站在旁邊讓他們敘舊，但英格麗對我張開雙手，於是我往前。

「你，」她對我說，同時輕拍我的手，「是個有魔力的女人。」

我搖頭。我可以感覺托比亞的手搭在我的腰。「她是。」他說。「我非常幸運。」他把大拇指伸進我的T恤底下。「現在我們需要戒指。」

自從他求婚以來，那是我們談論訂婚最多的時候。我感覺頭暈、喜悅。好像我要的所有東西都在那裡，在七十一街這家小店裡，包括英格麗。

「我們來看看。」她說。她一隻手牽著我，另一隻手拿起掛在脖子的眼鏡，然後戴上。我離她越近，越能聞到她的味道，是我聞過最濃最甜的香草香水。

英格麗低頭看了我的手。「真美。」她說。「非常修長。」她拉起一根手指，好像在測試什麼般搖晃，好像在尋找某個鬆開的部位。「跟我來。」

英格麗帶著我們走進第二間房間，店裡沒有其他顧客。這裡掛著許多大衣，多半都是乾掉的皮草。我清清喉嚨，想要壓抑咳嗽。

「到了。」英格麗走到一個玻璃櫃後方，從口袋掏出幾支鑰匙，接著打開櫃子。她摸摸裡面，拿出一個絨布盤，上面有幾排戒指。「選一個吧。」她說。

乍看之下，戒指都像古董，甚至遠至維多利亞時代，但我就近一看，開始發現不同年代與風格。有幾枚鑽石戒指，雖然很小，另外也有很多結婚戒指——碎鑽、藍寶石，還有一枚鑲著白金和黃金細線的戒指。

「好美。」我說。

「很多幸福的婚姻。」英格麗告訴我。「我看得出來一個婚姻幸不幸福，如果是，我就買。不會離婚。」

我沒有停下來想那句話怎麼可能——如果人們幸福，為何不要戒指。他們全都死了嗎？如果是的話，你怎麼確定？

托比亞笑了。他的手搭在我的肩膀，開始揉著。忽然之間，我希望這些都被錄下來，那麼今晚、明年、十年後，我就能重複看。

「那個如何？」我指向一枚鑲著三顆小祖母綠的金色戒指。

「不，不。」英格麗說，她搖頭。「你適合比較傳統的。」

「喔。」我說。「其實我……」我抬頭看托比亞。「其實我沒那麼傳統。」

「沒有嗎？」她問。她打量我半晌。「來，試試這個。」

英格麗遞給我一枚白金戒指，上頭鑲著一顆小鑽石，周圍裝飾黃色的石英。直到今日，那是我見過最美麗的東西。我不敢相信我沒有立刻注意到它。

「好美。」我說。「但我想可能有點太多。」我的意思是太貴。那枚戒指看起來要我們一年的房租。

「就戴上吧。」她說。

英格麗不像可以違逆的女人，所以我照做。我把戒指滑進手指，不禁覺得驕傲。戒指在我的無名指發亮，我輕輕移動雙手映照著光，看著戒指閃耀。

「讓我看看。」說話的是托比亞。

我轉了一圈又搖搖手指，彷彿在拍饒舌歌的音樂錄影帶。「超閃的吧？」很荒謬，我知道，但很好玩。

「這很嚴肅。」托比亞說。

「我知道。」我說。

「多少錢？」他問英格麗。

「通常，五千。」她說。「但是賣你，三千。」

那是我們能負擔的三倍。我立刻脫下。

「太貴了。」我說。「但真的很美。還有別的嗎？」

「當然有。」英格麗說。「但沒有像那樣的，我稱之為玫瑰。」

站在我身後的托比亞安靜無聲。我搜尋他的手。

「嘿。」我說，把他拉得更近。「你喜歡什麼？」

「我喜歡那枚。」他說。他看來意志堅定。「你剛才戴的那枚。我們會買那枚。」

「托比亞。」我說。我靠向他，放低音量，想要當成我們在說悄悄話。「太貴了啦，拜託。」

「該買戒指的不是男人嗎？」他問我，但那不是問句。現在一點都不好玩了，氣氛有點緊張。

「對，但是寶貝，我不需要那枚。我們選別的，好嗎？」

我耙梳著戒指。有一枚可愛的戒指，上頭有些碎鑽和水晶，交織成細密的金色圖案。

「這枚多少？」我問英格麗。

「七百。」她說。「這枚很可愛。」

我戴上，尺寸剛好。「你覺得呢？」我問托比亞。

他幾乎沒有低頭看我的手。「可以。」他說。

「托比亞。」我說。「可以表示不夠好。你要不要再看看？」

他搖頭。「抱歉，真的很美。」他小心翼翼拉起我的手。「你戴起來很美。」他給我一個淺淺的微笑，我知道他擠得很用力。

「我很喜歡。」我說。我也是認真的。雖然不是第一枚，但我戴著也很高興。我知道我無法帶走第一枚。

「我們要這枚。」托比亞說。

我依偎著他，他還抱著我。我們當下很努力。我想重拾我們剛進店裡感覺的愉快。

「選得好。」英格麗說。「你戴起來很好看。」我們打算選便宜五倍的戒指，但她並不顯得不悅。我對她的好感油然而生。

我們跟隨英格麗，經過大衣衣架回到店鋪。她站在收銀臺後方，我看著托比亞拿出錢包。七百元依舊是很多錢，是他沒有的數目，我也知道，但內心有種感覺，叫我不要拿出任何一毛。托比亞拿出信用卡。

我們擁抱英格麗，和她道別，爬上樓梯回到街上。天氣明顯比我們下樓的時候更涼。

「我好愛這枚戒指。」我告訴他。我低頭看著我的手，戒指在夏季最後的光輝中閃爍。「而且我好愛你。」

他把我拉向他。「你確定你開心？」他說。

我希望他加上「戴這戒指」，但他沒有。

「當然。」我說。「最開心。我要嫁給你了。」

「對。」他點了好幾個頭。

我伸手向上，捧著他的頭。「我只要這個。」我說。「我也永遠只要這個。」

他抱我抱得好緊，我幾乎無法呼吸。那天下午，我們緊緊依偎著對方，好像知道什麼即將來臨。

10:42 p.m.

當托比亞的嘴唇終於離開我的嘴唇，我愣了一下才想起我們在哪裡。晚餐、名單。我的手指摸了摸嘴唇。我眨了眼睛，回神看著餐桌。奧黛麗和康拉德看著我們。羅伯正在吃他的舒芙蕾，而潔西卡雙手交叉坐在我旁邊。

「我相信那修補了一切。」她面無表情地說。

「我想念像那樣被親吻。」奧黛麗說。她的聲音微弱，接著她猛然抬頭，驚訝地看著康拉德。我想像他們的腳剛剛在桌底下摩擦。

托比亞看著我，好像試著判斷我的反應，但我心心念念的只是他的感覺，他在想什麼。我想牽他的手，跑到外面，帶他回家。

「抱歉。」托比亞對我說。「我不是故意……」托比亞望向潔西卡。「你希望我們結婚嗎？」

「當然。」她說，但她的話毫無說服力。「我希望你們兩個快樂。這不是我的事。」

「多少也算是。」托比亞說。「你不會停止說話，而你在這裡。」

「對，但我不會親她，而且，我活著。」她的臉上暗藏一絲笑意，托比亞也注意到了。

「潔西卡，」他說，「康拉德活得好好的，你也是，薩賓娜也是。」

潔西卡翻了白眼，但笑意還在。

「以前我們在一起的時候很開心。」他說。他移動椅子，面對著我，朝著潔西卡說話。

「記得我們拿魔術筆在薩比全身畫畫，然後在她的腳上塗牙膏那天嗎？」

「她活該。」潔西卡說。「她害我們錯過《摩門教之書》（*Book of Mormon*）。」

「那天是我生日。」我說。

「對，二十四歲。你應該能夠好好控制你的酒量。」托比亞用手肘戳我，潔西卡笑了。

「你氣死了。」她說。「整天都不跟我們說話。」

「更正。」我說。「我整天都在吐。」

「一樣。」托比亞說。「那就是我們。」

潔西卡往後靠，而且點頭。「對，那是。但那是很久以前了。」

我感覺我周圍的空氣溫度升高，好像我是正離子和負離子之間的空間。大量的是與否想要聚合，卻又分離，聚合卻又分離。

「也許你根本不該和我復合。」托比亞說。他的雙手抱膝，身體向前。「我去洛杉磯之後，你就應該展開新生活，和保羅在一起。我不知道。」

我想著不接當時響起的門鈴，想著不讓他上來而且回到我的生活。但那永遠是不可能的選項。當托比亞回來，沒有其他選項。

「我從沒要求你留下。」我甚至不是對著他說，而是對著全桌。「我不能跟你去洛杉磯。我也沒有要求你留下。」

「為什麼沒有？」奧黛麗問。

「我太驕傲了。或太害怕了。怕他說不。或他說好，然後怨恨我。」

「你會嗎，托比亞？」奧黛麗的聲音飄浮在空氣中。「你會留下嗎？」

我非常希望他說不，甚至可以在嘴邊感覺，那個字在我的嘴裡成熟，像顆隨時可摘的莓果。

「我不知道。」他說。「或者不，我想答案應該是不。她不必問。我去了。我討厭那樣，但我必須去。」

「然後你又回來了？」奧黛麗問。「為什麼？」

「因為沒有她我活不下去。」

全桌靜止，沒人動作，連舉起酒杯也沒有。

我從沒質疑托比亞是不是命中注定的人，但如果這一切錯過的機會、努力、心碎，不是指向我們感情的偉大，反而是感情的不確定、脆弱？也許潔西卡是對的，我們沒有成長，我們沒有負起責任。我不知為何覺得宇宙自然會幫我們。今晚我依然坐在這裡如此相信。但如果那些事情一直以來就是我們的決定？時機就是一切。他走的時候潔西卡告訴我。而今晚，我們幾乎完全沒有時間了。

二十

十月初某天，托比亞回家，告訴我他想要自立門戶。是時候了。新工作的東西越來越糟，不只他很悲慘，他還覺得自己比在洛杉磯的時候倒退十步。

我知道他想回去拍他喜歡的東西，而且我知道他早晚會想找其他工作，或自己出來創業。然而，就在這個關頭，他完全破產，我們幾乎繳不出房租，而且剛剛訂婚——這些事實似乎完全不困擾他。他走進門的時候生龍活虎。

「我已經想了好一陣子。」他過來和我一起坐在沙發上。「但今天我忽然覺得，在等什麼？我希望能夠專注在我自己的工作。」

「哇。」我說。「好。」和不喜歡他的工作的人同居，而且現在我知道其實他心懷怨恨，這種感受一點也不好。我希望他快樂，而且我知道這是他想要的職業，我希望他終於能夠擁有。但我也想要睡在屋裡、吃飯、舉辦婚禮。我試著釐清情況。「告訴我你的想法。」

我可以感受他的興奮。我去幫我們兩個倒飲料。麥提祝賀我們搬家的時候送了一瓶昂貴的香檳，我們一直保存著。現在我拿出來，還拿了兩個酒杯。如果我們要談這件事情，就需要酒。

「我明天遞辭呈，他們會找別人，我想目前蓮恩會遞補我的位置。」蓮恩是另一個助理，目前兼職，托比亞喜歡她。「然後，最重要的第一件事，我需要架網站。」托比亞不但說話，還帶手勢，他真的熱切起來就會這樣。我打開香檳，倒進杯子。

「我會找麥提幫我技術的東西，然後我想去找我在洛杉磯的客戶。我不期待他們全都會答應，但可能一兩個……」

我把酒杯遞給他。他的雙眼發光，我已經很久沒有見到這樣的他。也許在蒙托克的海灘之後都沒看過。如果他說的是真的，如果工作會上門，我想支持他。也許這就是我們的問題。他對工作的鬱悶已經滲透我們的私生活。如果他在那裡變得快樂，他在這裡就會快樂。

「乾杯。」我說。「我覺得這是好主意。」

「是嗎？」托比亞露出非常少見的樣子——靦腆。「我的意思是，我可能需要你幫忙付一整個月的房租。最多兩個月。但是之後我會賺得比現在更多，我會全部還你……」

我的心跳在胸腔加速，但我沒有表現出來。我握住他的手。「寶貝。」我說。「沒關係。我們會成功的。」我在藍燈的薪水僅夠餬口，但我有些積蓄。我父母在我出生的時候買了債券，然後在我大學畢業的時候賣掉，那筆錢大約有一萬美元，而且從那時候開始增值。

我會用那筆錢。看他像這樣快樂就值得。

「我愛你。」他說。他瘋狂吻我。「我也想開始討論婚禮，我們應該在春天舉辦，還等什麼，對吧？」

我的心臟開始膨脹，超出我的身體，大得將我們完全圍繞，在我們四周用力跳動。

「春天。」我說。「太棒了。」

「或者我們可以私奔。」他拿走我的杯子，放到一旁，把我拉到他的腿上。

「像是……拉斯維加斯？」我問。我捧著他的臉。他好幾天沒刮鬍子，下巴滿是鬍碴。我搓揉他的臉，鬍碴搔著我的手心。

「像是市政府。」他說。托比亞向前親我，接著將我轉過去跨坐在他身上。

「我媽會嚇死。」我說。我呼吸急促。我們依然經常做愛，但已經少了許多他去洛杉磯之前曾有的激情、親密。現在又出現了，在沙發上，在我倆之間熊熊燃燒。

「別忘了潔西卡。」托比亞愛撫我的脖子。「她會殺了你。」

「她會殺了『你』。」我糾正他。

我們望著對方，不禁大笑。

「你讓她看過戒指了嗎？」他問。

我讓她看了。那個禮拜之後我們一起吃了晚餐，而且她似乎很高興。她只想聊婚禮——

我們要在哪裡舉行，我要穿什麼。我任她說。那枚戒指我越戴就越愛，連晚上睡覺也戴著。我愛戒指映照陽光反射隱約的金黃。

「看過了。」我說。「她說不是傳統的婚戒。你知道潔西卡。她只是需要覺得事情依照她的想法。」

「就連我？」

「就連你。」我說。我親吻他的臉頰。「我從我們的行銷部門學到一些東西。」我說。「你應該在推特和 Instagram 放你的照片。我會幫你宣傳。」他仰頭表示不屑。「這很重要。」

我數落他。「你要創造存在感。」

「存在感。」

「存在感。」

「你覺得我現在好嗎？」

「還可以。」我說。我對著他挑起眉毛，接著他飛快將我舉起，扛在他的肩膀。

托比亞的體型不比我大多少，比較高，也許稍微健壯，但是自從他改吃素後說不上。他剛從加州回來時的肌肉已經不見了。他站起來，搖搖晃晃走向臥室，我在他的肩膀上搖擺。

他抓緊我的腿，把我扔到床上。

「我想這會很好。」他說。「我有預感。」

我也感覺到了，雖然理性上不見得。然後我感覺寬慰，較不擔憂。現在可以集中注意。

我感覺我們終於找到可以解決的事情，還有解決的方法。

10:48 p.m.

我們忙著吃甜點。冰淇淋的形狀只能維持那麼久。

「我從來就不熱愛甜食。」奧黛麗說。「但這很美味。」

她舀起一口堅果糖霜冰淇淋，餵給自動張開嘴巴的康拉德。

「超棒。」他舔著嘴唇說。

「舒芙蕾好吃。」羅伯說。「我曾經嘗試做舒芙蕾，但總是不夠膨脹。」

「訣竅在於不要過度打發蛋白。」奧黛麗說。

我試著想像羅伯穿著圍裙在他家廚房，愛他的妻子切著蔬菜，兩個女兒在他腳邊。如果他是我的朋友，我想，我會非常為他高興。

「好好吃。」潔西卡嘴裡全是她大口咬下的舒芙蕾。

托比亞喝了一口濃縮咖啡。他轉向我。「我從不後悔回來。」他說。「有時候我很失望，工作後來並不如洛杉磯那樣，但那不是你的錯，我也不該讓你有那樣的感覺。」

「我們要結婚了。」我說。

「是啊。」他說。說來難過，他也很難過。

「但我從不確定你真的想結婚。」我說。

「我想。」他說。「我問你要不要嫁給我的時候，我是認真的。」

「在那之後呢？」

他一手扶著脖子側邊。「我不知道。」他說。「我想要和你在一起，但我想要的東西很多。我也想要給你很多，如果你相信的話。」

「我相信。」我告訴他。

「所以你們還是沒有結婚？」羅伯說。「我注意到你沒有戴戒指。」

他提問的時候稍微坐直，移動雙手，彷彿調整看不見的領帶。

「沒有。」托比亞說。「我們沒有。」

「但是你們差一點。」羅伯的語氣難過。「當時一定非常悲慘。那麼多未完成的事情。」

托比亞低頭。「是啊，我們已經訂好日期。」他說。「但是那個意外……」

「當時我們其實不算在一起。」我說。「我們大吵一架，超過一個月沒有講話。」

我聽見康拉德的叉子掉在盤子上，發出清脆的聲音。「他死的時候你們是分手的？」

我感覺淚水在體內湧起。我怕如果開口，將會無法停止哭泣。

「沒關係。」羅伯說。「還沒十一點。」他看著我，而他臉上的希望，以及信心，把我分成兩半。

瞬間我知道我想問他什麼事情，也就是「為什麼」的核心問題。

「如果可以的話，你會想改變事情嗎？」我問羅伯。

我看見他在心中衡量。他的妻子、小孩。烘焙、瘀青的膝蓋、學校接送。有他們的那些歲月。

「想。」他的聲音粗糙，刮擦著那一個字。「如果可以修補和你的關係，我想。」

「即使可能改變所有事情？」

羅伯清清喉嚨。「你永遠無法辯解的事情是失去孩子。其他事情都可以。半身不遂的人說他們發現上帝。破產的人說他們獲得更深層的平靜，說他們發現生命真正重要的事情。我聽過人們說，塞翁失馬，焉之非福。但失去孩子完全不同。」

康拉德從桌子的一端發出聲音。「這個嘛。」他說，但僅止於此。

我看著羅伯，如果可以的話，他會想要回去，不要後來所有的生活。但我並不接受。那是我從小就想要的——要他把我放在第一，要他關心我，要他回來。但是聽到他這麼說，我知道那樣不對。我不是他生命中唯一重要的事。還有一個家庭需要他，那個家庭值得存在，而當我的父親，在這個點上，會消滅那一切。羅伯看著我的心情，我只能描述為愛。緊張的愛，膽怯的愛，不知所措、不知去向、不得要領的愛，但都是愛。但我想也許那就夠了。現在，在這張餐桌，那就夠了。

二十一

隔週托比亞辭掉他的工作，三天內就搬出辦公室。他在公司的東西不多，回家的時候帶了一個裝滿照片的箱子回來，全都是他一開始帶去的。

「蓮恩要接這個工作嗎？」我問他。

「目前是。」他說話的方式讓我知道他不想多談此事。那就是托比亞，有時傲慢。當他下定決心，就不會改變。

「那很好。」我說。「我們應該慶祝一番。」

我們去了位於公園坡（Park Slope）最喜歡的捲餅屋，點了瑪格麗特，大吃免費的洋芋片和酪梨醬。我拿出一個盒子放在桌上。

「這是什麼？」他問。

「遲來的生日禮物。」我說。上個月他低調過了生日。他說他不想要禮物，所以我照做（只有蛋糕、卡片和幾乎沒穿衣服的我），但我一直想要給他這個。

「薩比。」他說。「我跟你說不用。」

「但是。」

他打開盒子，裡頭是一只我父親的懷錶。幾年前我母親給我的，我甚至不記得什麼時候。那是只金色的懷錶，外圍有細小的銀線。

「我好喜歡。」他說。他輕柔、小心地將懷錶握在手心。

「這也是個羅盤。」我指向他的手。

「以免我迷路了。」他看著我，但他沒有笑。

「所以你永遠找得到回來的路。」我說。

他牽起我的手掌，親吻我的指尖。墨西哥樂團開始演奏的時候，托比亞伸出手。「和我跳舞？」

餐廳很小，也許只有十張桌子，而且很晚了，過了十一點。他將我拉近。他穿著格子襯衫，我知道他不喜歡那件衣服，但我很喜歡，而且經常評論。我知道我們在便宜的捲餅屋分食主菜，用免費的洋芋片填飽肚子。我知道我們二十九歲，做這種事情可能太老了。但是當下我覺得這就是我的歸宿。托比亞是家，就是那麼簡單。其他事情，我想，總會撥雲見日。有了愛，誰還擔心錢？

「你在想什麼？」托比亞吻我的時候在我耳邊說。

「我們應該在墨西哥。」我說。「圖魯姆，也許卡波。或者加勒比海。」

「嗯……」托比亞說。「再多說點。」

「你、我、島上的微風。半夜游泳。」

「還有呢？」

「只穿比基尼。」

「有時候連比基尼都沒有。」

「我們可以住在那種帆布搭的床，只能從布幔出入。」

「蟲怎麼辦？」托比亞問。

「寶貝，這是天堂的島。」我說。「沒有蟲。」

我感覺懷中的他變得拘謹。瞬間我並不明白發生什麼事，接著恍然大悟。這是虛構的假期。他剛才以為我的意思是我們應該真的去墨西哥，我們應該去度假，而我的一句話，讓他知道我們不會去。我們沒有錢，當然不會去，但他依然相信這個幻想。可能、也許、萬一的想法。

當下我想起保羅。我很慚愧自己竟然想起他。我想起我們去波特蘭的旅行。我們好像稀鬆平常一樣住在石南酒店，在高級餐廳吃飯，理所當然去了兩場音樂會。我們也去過舊金山和倫敦。那些是如此容易，如此自然，而且不止一次。我懷念那樣——那種伴侶關係不會讓我覺得世界的重量只落在我的肩膀。

兩個禮拜過了，接著又過了兩個禮拜。托比亞忙著架設網站。他成天在家，在電腦上工作。他說他只要架好、經營，然後公諸於世。

事後我才懂得，我早該知道。托比亞充滿創意、熱情，超級有才華，但他少了一個連結——能把才華和收入掛勾的連結。以前他有工作的時候，包括在沃爾夫與之前，都有可以嵌入的架構、秩序、體制。他討厭體制，但他不瞭解，所有事業，無論多有創意，都需要體制。

我和他住在一起的這幾年，逐漸瞭解攝影這個事業。某方面而言，也許我比托比亞自己更能看清楚他的事業。據我所知，多數攝影師在當助理的時候累積他們的代表作品。他們在他們的老闆底下接工作，也可以說是些偏旁的工作，例如地點太遠的工作、酬勞太少的工作，或是沒沒無名的刊物。攝影師透過這些工作學習獨立，也獲得更多機會——更多人脈，於是能夠繼續發展。但托比亞沒有。因為他離開沃爾夫，幫別人工作，但這個人的客戶他完全不感興趣。而現在，他自立門戶，背後卻沒有體制支撐，這麼做非常冒險，尤其像托比亞這樣，對於內心情緒起伏非常敏感的人。

在他自立門戶的初期，他全力以赴，而我承認，儘管天真，他的熱忱也鼓舞了我。我比他更懂這個事業，但是那樣的認知，感覺是在背叛托比亞，背叛他的才華與我對他的愛。我無視那樣的認知。我看著他花掉不是他的數千元，採購全新的攝影器材。那些錢是我們的房租、我們的婚禮（我們經過公園坡的小教堂，覺得很喜歡，於是訂好日期，春天要在那裡舉辦）。我明白他要花錢才能賺錢。我和他一起在他的電腦前面研究，看他花上整天在城裡拍攝的照片。美麗極了！老人和孫子、彷彿置身巴黎的西村咖啡店侍者、塗鴉藝術。他說，他要去接案。他要親自拜訪編輯，遞送照片到雜誌社。他認識所有的相關人士。他的單飛作品受到認可只是早晚。我相信他。

但是幾個禮拜過去，計畫開始變調，不再關於工作。他說他不想再做腐蝕靈魂的工作。他不能再次那樣。他開始拍照，不斷地拍。他錯過與琴卓和她男友的晚餐。他不來大衛和新男友馬克籌備的小酌之夜。他沒日沒夜做的事情，就是拍照。

「你覺得網站何時會架好？」幾週後我問他。我剛下班回來。企鵝和藍燈書屋不久之前合併，他們這裡那裡裁掉許多人。我覺得我的工作還算安全，至少現在，他們還沒對編輯部開刀，但只是早晚。我沒有自己的成績，至少沒有亮眼的成績。我知道在一家競爭力強的出版社，下個階段我就會變成麻煩的員工。我又得從助理編輯做起，但我已經準備升職，我已經快要三十歲。對於理想的未來，我完全沒有存款。沒錢、沒時間，連假期都沒有。我花光一切，希望有一天，怎樣？奇蹟發生？托比亞飛黃騰達？我甚至不再確定他在做什麼。

「我不知道。」他說。「我想我需要更多材料。」

「真的？」

我一開口就後悔了。我可以感覺聲音裡的態度。他給我一個死氣沉沉的眼神，彷彿我不懂，我不會懂。我伸手擁抱穿著運動褲的他，我想也許他是對的——我不懂。我的職業是支持藝術家，但我不是藝術家。

「我可以幫忙。」我補上這句，想要掩飾、矯正。「我認識藝術家。我一直都在幫助作家。我們可以在《村聲》和推特上面登廣告。你可以幫副刊拍些商業照片。」我偷偷加上最後一句，但他根本沒在聽。

「我想我需要的是展覽。」他說。「我去皇后區拍了一些照片。」他旋轉他的電腦讓我看。有數百張世界博覽會場地的照片，非常美麗。我照樣給了支持的讚嘆「哇！」「我愛這張」。但隨著他點閱照片，我開始覺得無法這麼慷慨。為何他不能花上整天拍婚禮？猶太成年禮？如果有錢領，也許去拍狗的生日派對？這個城市充滿願意花錢買他技能的人，而我恨他完全看不起，恨我一直在工作，他一直在這裡想著展覽和照片，而非帳單。

「什麼樣的展覽？」他結束點閱後我問。

「你知道的，就是攝影展。」他說。「某個我可以陳列作品，而且邀請大人物的地方。」

「哪裡？」我問。我完全不知道他所謂大人物是什麼意思。誰說如果他辦展，大人物就會來？他不是老早就有那些人脈？每個下一步都像在倒退。我開始覺得他不想要任何客戶，除非他們是《浮華世界》。

「紐約大學。」他說。「我朋友約瑟夫在藝術學院的行政部門工作，他說他可以牽線。」

他聽起來不服。

「托比亞。」我說。「我無法負擔我們兩人太久。」

「我知道。」他不高興。「所以我才沒日沒夜工作，想把這個事業做起來。」

「好！」我說。「很好。」我把自己的電腦拉到腿上。我要幫我老闆完成一篇編輯。而且我想喝杯酒，深呼吸，停止討論這件事情。

「你對我有信心嗎……」他的聲音微弱。

我假裝沒有聽到。接著他走進廚房做義大利麵或三明治，或其他東西，然後走進臥室。

我完成編輯的時候，他已經睡了。

隔天上班，我向琴卓坦白我有經濟壓力。我已經獨自負擔兩個月的全額房租，花掉我一半的債券積蓄。我不知道能不能繼續第三個月。

「你必須跟他講清楚。」辦公室的門緊閉，桌上放著咖啡與甜甜圈。琴卓最近剛升為主編。按我的年資，我也應該得到這個頭銜，但我不能否認托比亞的情況影響我的工作表現。非常諷刺，我比任何時候都需要工作，但我的表現只能用降半旗形容。應該花一個小時完成的工作，我得花上三個小時。我心不在焉而且害怕。是，我內心深處感到害怕。我害怕這一切會嚴重得不可收拾，然後呢？

「獨自一人，負擔太大。」琴卓繼續。

我舔掉手指上的焦糖。「他現在非常敏感。」我說。「他覺得我對他沒有信心。」

琴卓甩甩頭髮。最近她把瀏海留長，把自己打扮成龐克搖滾風。她依然和葛雷交往。

「你呢？」她問。「對他有信心嗎？」

這是個我應該不假思索就能回答的問題。我對他當然有信心。他是我知道最有才華的藝術家。自從我在UCLA的學生作品展看到他的照片，就對他的才華深信不疑。但我也知道我偏心。我愛他。我的投入已經不容許自己公正。而且我也知道光有才華並不夠。我在藍燈書屋近四年的時間，遇過也讀過許多有才華，卻從來沒有跨進門檻的作家。有些投稿非常棒，但我們無法出版所有作品，而且我們簽的往往是那些精明的作家、名人、推特很多追蹤數或Instagram經營有術的人。

我想相信才華終有一天會勝出。每件傑出的書稿、照片、畫作，最後都會大放異彩。過去我一直這麼相信，而且我認為托比亞擁有才華。但堅持這個理想越來越難。

「他的才華真的無話可說。」我告訴琴卓。這點我確定。「我只是不知道那樣是否足夠。他認為世界會來到他的腳下，但世界不是那樣運作。」

她點頭。「如果他對他的事業有明確計畫，那就另當別論。」她說。「但我有一種感覺，他只是在那裡玩他的相機，好像在占你便宜。」

那幾個字讓我掉了手中的甜甜圈。那不是托比亞。他永遠不會狡猾地利用我卻不為我們兩個好。但我需要和他談談，和他老實說，這件事琴卓說得對。我無法繼續這樣下去，我在燃燒自己根本沒有的錢，而且我還是希望我們能在春天結婚。我還是想要婚禮——就是這麼老套和莫名。我是鬼遮眼了。但難道那不是愛的一部分？拒絕去看那些極為黑暗、殘忍的面向。你會因此嚇跑嗎？或者，你看了還是無論如何去愛？

10:57 p.m.

「我很難接受人們離我而去。」我說。我覺得自己比一個小時前更脆弱。看著大家細細品嚐甜點，我想我們全都變得比較溫柔。我們的時間就要結束，而我必須老實說出內心需要浮出水面的感受。「你和托比亞。」我對羅伯點頭。

「還有我。」潔西卡說。

我看著她。

「怎麼？」她說。「我也離開了。你認為那是我的錯，認為我應該給你更多，或我拋棄你，或你對我的需要更多，但我並不那麼認為。」潔西卡說。

「你的想法是什麼？」奧黛麗問。她的語調溫柔慈祥。

「我們長大了。」她說。「我們再也不住在一起。我結婚了。」

我以為當她問我為何把她加入名單，為何她在這裡的時候，我們已經討論完了。但潔西卡和我之間的傷痛很深，也許因為我們的歷史很深。

「那些我都知道。」我說。「但你表現得一副你不在意的樣子，好像我們的友誼妨礙了你。只有我約你，我們才會見面。有時候我怕如果我不再打電話給你，我們就永遠不會見面。」

「太扯了。」但她似乎沒被自己的話說服。

「是嗎？」

「我有一個小孩，好嗎？我的生活不同。你永遠不懂『這一點』。」

「你有小孩之前就是這樣了。我最好的朋友應該是你，但琴卓比你知道更多我的近況。」

潔西卡吐氣，空氣震動她的嘴唇，像個微弱的口哨。「你還真了不起。」她說。「你都不用負責任，對吧？從來都不是你的錯。我們是人類，薩賓娜！我們會搞砸，我們不完美，我們自私，但是有時候我們已經盡力了。」

托比亞在我旁邊，手指按著兩眼之間，鼻梁的頂端。

「潔西卡。」我說。

「好吧。」她說。「我們就坐在這裡，聽你數落我們，然後點頭、道歉。這是你的晚餐嘛，不是嗎？」

她的話重擊著我，我閃躲不及。「我很抱歉，或許我太需要你。」我緩慢地說。「我沒有家人。我媽住在三千哩之外；我自己住……」我的聲音分岔，而我恨這樣。我恨我在這裡如此脆弱，我恨我不能直接站起來，繼續過生活。我恨她是對的，那不是她的責任，當然不是。她不能修補，即使我仍然希望她在這裡。「而且有時候我需要你。我不喜歡每次都要我問。我不想要對你來說，跟我出去好像是種差事。」

「不是。」潔西卡說。

「不是嗎？你今晚真的想在這裡嗎？你甚至想要維持這個生日傳統嗎？」

潔西卡看著我。我第一次看見她是多麼疲累。她明顯的黑眼圈，看起來像好幾天沒睡。

「我希望你過個快樂的生日。」她說。這當然不是答案。

但我也沒有答案。

「現在有些事情我必須得做，否則我的生活就會停擺。」她說。「我知道這不是你想聽的話，但這是真的。」

「我想你。」我說。

潔西卡伸手梳理她的頭髮。「我也想你。」她說。「我只是不能永遠都有精力陪你。」

一位服務生出現在我身旁。「餐點用完了嗎？」他問我。他指著我面前的冰淇淋湯水。

「是。」我說。

「你對我真的很嚴格。」潔西卡說。

「我對你的感覺才是如此。你從不認同我做的任何事情。」

「那不是真的。」潔西卡說。「我覺得你很棒。你的職業，我很羡慕。我想念那樣的生活。」

「但你在康乃狄克過得很快樂。」我說。

「我嗎？」她問。「這麼多年你只來找過我三次，你怎麼知道？」

那是真的，我從來沒有特地去那裡，她也沒有邀請我，但哪個才是開頭？我不願意去，還是她不願意多花力氣？

「我很抱歉。」我說。「沒錯，我沒去……」

「我跟你說過，我不怪你。這就是現在的情況。我不覺得我們能做什麼。」

「但如果我們繼續疏遠，再也無法回到從前，怎麼辦？」

潔西卡嘆氣。她看著我，眼皮不眨。「或許我們可以？難道我們不能換個角度相信我們可以？」

二十二

「你何不乾脆借用我們的小屋？」上班的時候琴卓對我說。我之前抱怨最近這個城市讓我感到幽閉恐懼，但事實上是我們的公寓。托比亞沒有出門拍照的時候，他就坐在椅子上編輯照片。最近當我回家，發現他在那裡，心裡就很失望——每次我的心都會下沉。「我父母完全沒在使用。你這個週末可以過去，沉澱一下腦袋。」

我想像在壁爐旁邊喝酒，關掉手機，聆聽風或樹或任何自然天籟——已經好久沒有如此。當時是十一月，而海灘是我最後一次走出城市。「聽起來很棒。」我說。「那好，明天我把鑰匙帶來。」

我回到家，打算告訴托比亞我的計畫。我以為他會樂於擁有自己的週末，而且我們兩人分開幾天也好。

我走進門，正在播放《曼波狂潮》。我喜歡騷莎音樂。我可以聞到大蒜、油，以及只有托比亞會調配的各種香料。

我放下包包，脫掉鞋子。他背對著我站在爐邊，立刻轉身，露出寬闊的笑容。

「我的女王。」他說。「歡迎來到天堂。」他把手放在我的腰際，帶我走到流理臺。調理機裡裝滿瑪格麗特，兩個杯緣沾上鹽巴的杯子正在等待。「我們不能去墨西哥，所以我把墨西哥帶來。」他遞給我一個杯子。

「是的，有請。」

他幫我把杯子倒滿，接著是他的，然後伸出他的杯子。

「瑪格麗特萬歲！」他說。

「敬我們。」我說。

我沒喝酒，反而抓住他的T恤領口，拉他過來吻他。他放下飲料，把我舉起來放在流理臺的椅子，輕撫我的背，擁我入懷。

「我在煮飯。」他靠著我的嘴唇說。

「不煮了。」

我們已經三週沒有做愛，算是破紀錄了，而且我知道這代表我們的關係出了問題。我們非常強調做愛——或者是我強調。那很棒，真的很棒，當我們一起在那個空間時，我對兩人之間總是非常安心。當我們不在那個空間，我便感覺破裂、失聯。

托比亞把嘴唇移到我的臉頰。「烤箱裡面有三種不同的捲餅。」他告訴我。「不行。」

他抓住我的臀部，然後輕輕把我推開，回去煮飯。我不覺得被拒，反倒覺得好笑。我們回到愛的泡泡裡頭。我喝著飲料，看著他做事。

我們吃完後，肚子都是捲餅和龍舌蘭後，我告訴他波克夏爾的計畫，但是沒有告訴他我想自己去。我說我希望我們一起去。

「聽起來很棒。」他告訴我。

我欣喜若狂，感覺彷彿我們又準備重新連線，我們放下過去幾個月的敵意，而且越過那些敵意。我知道這趟旅行就是我們需要的重置開關。我們在漢普敦的時候非常快樂，我希望我們能夠找回一點那種感覺——快樂、火花、自然，那些才是我對我們感情的定義。家裡的壓力太大——金錢、工作、生活。我希望我們能去某個沒有煩惱的地方，擁有更多空間與新鮮空氣。我會和他懇談琴卓上週跟我提到的話題。在那個空間和開放的空氣，在城外，托比亞會聽。我們會想出辦法。

那個週末我們租了車，北上雷諾克斯（Lenox）。托比亞開車，我搖下車窗。當時是十一月初，還是秋天，清新沁涼，但不刺骨。樹葉尚未完全落下，州北一片金黃橘紅。我把手放在托比亞的手上。

他舉起拇指搓揉我的小指。我們一出皇后區，我感覺自己吐氣。

潔西卡來電，我按下忽略。

「你要接嗎？」托比亞問我。

「不。」我說。

他轉向我，對我眨眼。

琴卓父母的小屋依著山丘，俯瞰綿羊與乳牛。空間不大，一間臥房、一套衛浴，小小的廚房角落，還有壁爐和一個紗窗陽臺。我們帶了食物和酒。我打開補給品，而托比亞準備升火。

潔西卡又打來，我沒接到。此時我的電話轉成靜音放在包包，我打算整個週末都這樣。

「你要來杯紅酒嗎？」我呼喚他。

「打開那瓶黑達沃拉。」他說。

我在袋子找到開瓶器。琴卓說小屋什麼都有，但我不想冒險。週末少了酒，對事情似乎不會有所幫助。

托比亞到外面去拿堆在小屋旁邊的木頭，我拿出我買的葛呂耶爾和豪達兩種起司，以及葡萄、餅乾、杏仁，一起放在砧板上。這種辣味杏仁是在喬氏（Trader Joe's）買的，我知道托比亞喜歡。

他回來的時候，我倒了兩杯紅酒，手腕搖搖晃晃托著起司盤。

「來，我拿。」他從我這裡接過起司盤，放在壁爐架上。我遞給他一杯酒，然後我們在壁爐前的椅子上準備就緒，他繼續升火。

「我能幫忙嗎？」我問，邊喝著酒。

他歪著頭看我，就像在告訴我，他覺得我瘋了，但他覺得很可愛。頭往左傾斜四十五度，一隻眼睛閉上。「我不知道，你可以嗎？」

「我可以對著爐火吹氣。」我說。

他對著我挑起眉毛。「喔，你可以吧？」

「也許。」我說。我又喝了一口，隔著酒杯看著他的眼睛。

「我覺得你應該坐著就好。」他說。他站起來，走到我身邊。他把手滑進我的大腿，嘴唇親吻我的臉頰。

我把他拉到椅子上。我們繼續那天瑪格麗特之後未做的事，我脫掉他的襯衫，雙手從他的肩膀滑到背部。他往上脫掉我的毛衣，親吻鎖骨凹陷之處，以及總是讓我發狂的耳際。

我們只需要保持這麼親密，緊緊依偎，兩人之間沒有其他空隙。如果只有那樣，我們就很好。是世界，是其中的嘈雜、混亂、要求、人類、空氣，讓我們爭吵，把我們分開，將我們隔離。

托比亞後退，直視著我。他在我的上方，距離近得能夠聞到他嘴唇的酒。

「我有沒有告訴過你，我們在地鐵相遇那天之後的事？」他問我。

他沒有。我們曾經聊過海灘的事，那是我們另一個起點，但不是那個。

「我在下一站下車。接下來的路都用走的。我必須打給麥提。」

「為什麼？」我問。

「因為，」他說，「我必須告訴某人我遇見她了。」

「誰？」

「你。」他捧著我的下巴，嘴唇貼近，親吻我的眼皮、顴骨，還有唇瓣。

「待在我身邊。」我告訴他。

「永遠。」他說。

他親吻我的耳朵，然後埋進我的鎖骨中央。我拉著他的手，帶他去臥房。之後我們玩了大富翁，又喝了兩瓶葡萄酒。托比亞做了青醬義大利麵和烤雞。我知道我們需要談談，但我們更需要今晚。我們需要記得是什麼讓我們如此特殊、不同，是什麼讓我們「在一起」。我想要做愛，做飯，擁他入懷。

我們明天會談，我心裡這麼打算。

明天。

11:05 p.m.

潔西卡把襯衫拉出褲子。我發現她的上衣濕了。她又溢奶，而且想要掩飾母乳的痕跡。

「失陪一下。」她說。她拿起地上的包包，急忙前往洗手間。看她拉著上衣消失，這個畫面命中我的腸胃。我希望剛才我們沒有吵架。

「我得再出去一下。」我說。康拉德準備起身，但奧黛麗堅定地按住他的肩膀。

「我去。」她說。

這是她今晚第一次站起來，而我注意到她俐落的黑色長褲，露出腳踝，以及亮皮的黑色娃娃鞋。她拿下掛在椅背上的黑色香奈兒毛衣，披在肩膀。

「你先請。」她說，並示意門的方向。

我們一到外面，我就想要抽菸。稍早和康拉德抽的那根菸已經重燃我的渴望。奧黛麗拿出一包菸的時候，我想要剝下我的皮膚，捲起來，燒掉。「我不覺得現在這個還會對我有害。」她說，呼應稍早的康拉德。「你要來一根嗎？」

她拉長聲音，古怪的語調令我緊張。我和奧黛麗．赫本獨處。

「麻煩你。」我說。

她拎起一根香菸遞給我，也幫自己拿了一根。她先幫我點燃，再點燃自己的。我們同時吸氣，只能用過分大口形容。奧黛麗先吐氣，煙霧將她包圍。

「好多了。」她說，並略略咳嗽。「可不是？」

我微笑，也跟著做。

「你對我的瞭解多嗎？」她問。她想知道為何她在這裡。

「一點點。」我說。「多半是你的作品。」我知道得更多，其實我知道很多，但現在和她一起站在外頭，說這些似乎很怪。因為事實是，我不知道，不盡然知道，為何把她納入名單。除了她的電影對我有些意義，不只是和托比亞，還有和我父親。這是其中一樣我從他那裡得到的東西。除了懷錶，還有幾部懷舊電影──《謎中謎》、《第凡內早餐》、《龍鳳配》。

她點頭。「你知道二次大戰的時候我人在荷蘭嗎？我們以為那裡比較安全，你知道的。我們沒有想到他們會侵略……」她的聲音漸弱，接著輕輕咳嗽。「那是一段很糟糕的時光。那五年我們幾乎沒東西可吃。我們曾經敲開鬱金香，烤裡面的球莖當作食物。我看著朋友被人押走。我自己的哥哥被送到德國做工。如果我們知道會那樣，也許早就全都自殺了。」

「我很遺憾。」我說。「我確實略知一二。那一定很恐怖。我無法想像。」

「但你知道更糟的是什麼嗎？」她問我。

「還有什麼會更糟？」

她轉移重心，輕輕從一腳移到另一腳，但幾乎看不出來。我嚇呆了，同時想起她在羅馬騎著摩托車，在巴黎的公寓唱歌。

「幾十年後，我開始和聯合國兒童基金會合作，而我死之前，我去了索馬利亞，看到飢荒。那些挨餓的孩子……」她吞了一口。即使在路燈底下，我仍看見她的雙眼充滿淚水。「那更糟糕。」她說。「因為我不是他們其中一個。而我無法解決。兩百萬人挨餓。」她搖頭，擦著眼睛。「當你獨自受苦的時候，是很糟糕。」她說。「但是當你看著其他人受苦，無辜的人，那些無法幫助自己的人——更糟糕。」

她看著我，而我知道她想要說什麼，她試著傳達什麼。「謝謝你。」我說。「和我分享那件事情。」

「我一輩子都很內向。」她說。「安靜、理性。也許是時候開放一點。」

「我能問你一件事嗎？」我說。

她又咳嗽。「當然。」

「如果你可以從頭來過，全部從頭，你會想要改變什麼？」

奧黛麗思考這個問題。「我會再次結婚。」她說。「第三次，和勞勃。我深愛他。如果重來一次，我會。」

「就那樣？」我問。

她笑。「喔，很多事情。」她說。「但那是很好的人生。最好不要老是去想。」她突然轉向我，而我再次為她極為美麗的五官目不轉睛。她是如此耀眼。標緻的玫瑰花瓣，完美勻稱，從不凋零。而且她也沒有，不是嗎？我想知道，到了最後，她會是什麼樣子，如果她有那麼點枯萎的可能。我無法想像。

「我很浪漫。」她說。「直到最後的最後都是。人們總是把我和戀愛聯想在一起，但我不知道他們是否覺得我浪漫。可以這麼說，我總是被當成目標，而非主動追求的人。我覺得當人們觀賞我的電影，那是他們得到的形象。」

我想起她的電影，想起我父親的收藏，想起和托比亞在一起的第一天下午播放《羅馬假期》。神話、魔法，以及這個電影明星。但是奧黛麗．赫本不是在雨中穿著黑色西裝外套與洋裝的荷莉．葛萊特利，也不是打算去巴黎的博物館裡偷畫，卻愛上英俊小偷的妮可。她不是爬上上流社會的伊莉莎．杜莉特爾。那些全都是虛構，是片場的人捏造的想法。奧黛麗．赫本只是一個此刻站在我身邊的女人。

她好奇地看著我，好像在等我追問我們在外面，一起在這裡的原因。原來如此，也許今晚她在這裡的原因，是她的建議。

「我該怎麼辦？」我問她？

「你有選擇嗎？」她說。

我回頭看裡面。我看到托比亞。

「我不知道。」我說。「我以為我可以……」我沒說完。

奧黛麗把手放在我的肩膀。我嚇了一跳。她的手指輕盈，在晚風之中感覺冰涼，彷彿雨滴。

「親愛的。」她說。「妳不能希望我活著。」

「我知道。」我說。「當然，但是托比亞……事情不應該是這樣。我們不應該這樣結束。」

「也許。」她說。她的手依然在那裡。我有一種感覺，關鍵的句子還沒出現。她正試著緩和爆破的衝擊。「但是你知道『我』會怎麼辦。」她說。「有一個可以共存在世界的伴，而非需要藏在內心的伴，會讓人生輕鬆很多。」她用大拇指搓揉我的肩膀。「木已成舟。」

「不。」我說。我有股衝動，想要撥開她的手、跺腳，對奧黛麗・赫本大吼。「是我的錯……」突然，我哭了。大顆、源源不絕的淚水滑落，而奧黛麗把我拉進她的懷中。她是個嬌小的女人，當然，身材纖細，但仍感覺她很健康，比她的骨架更大、更溫柔。

「我跟你說的是，」她在我的耳邊說，同時在我的背上順著小小的圓圈搓揉，「那不是你的地方。你不會讓人死而復活。」

「但這一切是什麼？」我說。「這是怎麼發生的？又是為什麼？」

「親愛的。」她說。她把我扶正，用手臂支撐著我。「你知道為什麼。」

「我不知道。」我又說一次。我後退，但她穩穩抓著我，而我有種潮水上漲，即將把我推進海裡的感覺。

「你必須知道。」她說。「你問我，你該怎麼辦？」

我點頭。

「說再見。」

二十三

隔天我們決定開車進入大巴靈頓，去一家評價很高的披薩店午餐，叫做巴巴路易（Baba Louie's）。嘗試素食主義之後，托比亞決定看看自己適不適合無麩質飲食（結果不適合），而他們也賣無麥餅皮。加上我們想要待在城裡，散步、購物，利用機會呼吸新鮮空氣，把握地上還沒積雪的時候。我們還沉浸在昨晚獨處的親密。「你想先吃飯，還是先逛逛？」托比亞問我。

「吃飯。」我說。我們的補給品清單漏了早餐，而且我很餓。

他們十一點才營業，我們十點四十五分抵達。我們在門外互相依偎。外頭其實沒那麼冷，但托比亞的手仍上下搓揉我的手臂。

「我們要不要買杯咖啡？」托比亞問我。

「我要吃東西。」我說。「如果我們站在這裡，也許他們會早點開門。」裡面沒人，燈也沒開，但我不想錯過靠窗的座位。托比亞笑了，然後遵從。

終於，一個結實、穿著白色圍裙的男人從後面走出來，打開燈，讓我們進去。我們要了靠窗的座位，窗戶上面有個鏤空的披薩圖案。我們一坐下，我就出現某種既視感，以前來過這裡，平靜、愉快的記憶。我們從沒一起來過波克夏爾。我小時候和我母親來過一次，還有一次是托比亞離開後和保羅一起。但我愛這個地方。不管海灘，這裡是我們的地方。我的心中開始出現各種想法。也許我們甚至可以改變計畫，在這裡結婚。我想像自己在麥雷酒店（Wheatleigh），身穿粉嫩的紫丁香色洋裝，頭戴花環。夏天。我們的朋友都坐在白色的木頭椅子，而我緩緩走進禮堂，走向托比亞。

「你在想什麼？」他問我。我們剛開始交往的時候，他經常問我這個問題，但現在幾乎不問了。我當作他不是真的想知道，但此時、此地，感覺問得正好。

「在這裡結婚一定很美。」

他往椅背靠。那是退縮的信號，但是有多強烈我無法分辨。

「我以為我們要在公園坡，而且只有我們六人？」

我們已經決定：托比亞、我、潔西卡、蘇密爾、麥提、我媽。托比亞不希望他的父母來，所以我沒強迫他。他和他們並不特別親密，一直以來都不是。

「我知道。」我說。「我只是在想，這裡真的很美，而且空間足夠邀請更多我們愛的人。」

「我以為公園坡是我們的折衷方案。」他說。他有點不悅，有點激動。「我跟你說過我想私奔。」

「而我跟你說過我並不想。」我說。他的惱怒招來我的回應，感覺就像我一直掩埋、壓抑的，全都咕嚕咕嚕湧出——一道裂痕、一條斷層。

「對，所以我們才要在教堂。」

女服務生這個時候過來。她耳洞很大，頂著紫色的頭髮，看來大約二十歲。我好奇她是否在讀高中或大學，她住不住家裡。當下，我想起我爸。

「兩位要點餐了嗎？」她問。

我們請她等一下再來。也許我們不該那樣。也許我們應該點我們的披薩，也許她會在剛好的時間端來，阻止接下來發生的事。

但這就是人生——定義我們的時刻往往莫名冒出來。一通未接來電、下樓、一場車禍，都發生在瞬間、呼吸之間。

「所以你要盛大的婚禮？」托比亞問。那並不是控訴，不真的是，但我可以聽見問題底下湧出的憎惡。盛大的婚禮。聽起來就像企圖幫富人減稅，不但毫無意義又多餘，甚至危害社會。

「對。」我說。「我要盛大的婚禮。」我在挑釁。那句話甚至不是真的。我甚至沒有多少朋友，更沒幾個家人。但我想要揭露他的心態。我想要指出這種心態，然後說，看吧？這就是為何我們會這樣。不是我，是你。

「好吧。」他說。「那我們就辦個盛大的婚禮。我們在這裡辦。現在可以吃飯了嗎？」那是我原本想聽的話，但全都錯了。我們犧牲自己，為了表示自己優於對方。

然後我發現真相：我們不知道如何讓對方快樂。

我以為他知道我需要什麼。我想要相信我們正在進步。我們會成長，然後脫離這個階段。我們會建立共同的生活而且稍微安頓下來。但他不知道。也許他知道，但他無法給我。我們所有的爭執，我們所有的傲慢與抱怨，以及冷戰的早晨，都因為這個簡單的事實。他想讓我快樂，我想讓他快樂，但這兩者互不相容。

「不行。」我說。「我不覺得我們可以。」

「老天，薩賓娜，你到底想怎樣？」

「我希望我們有共識。但我們沒有。我們很早就沒有了。」

「所以我才說——」

「不。」我說。「不是。這不是任何人的錯。但我們總是這樣。我們只是一直戳、戳、戳對方。我們要的不同。我們甚至從沒討論過小孩。」

「我們連怎麼結婚都還沒搞定。」他說。他一手揉著臉。「我們為什麼不能一次處理一件事情就好？」

「因為我們什麼都沒做。我們只是站著不動，然後怨恨對方站著不動。」這句話說出口的時候，我的心切成兩半。

他站起來走到外面。我跟著他。太陽移動到雲層後方，溫度驟降。我的外套在裡面，掛在椅背上。

「我討厭這種感覺，也討厭讓你有這種感覺。他媽的無能為力。」他雙手抱頭。「我不知道竟然這麼困難。」

我感覺我的世界崩塌。我發誓就像太陽直接從天上掉落。

「我們不能一直這樣對待彼此。」他說。我看見他有多麼痛苦。我看見他眼中的芒刺。

「我不能一直這樣對待你。」

我可以感覺他心中的絕望，我也同樣感到絕望。失望開始混入厭惡，與憤怒一起沖進我恐懼的血脈。「那就結束吧。」我說。我的雙手在胸前交叉。我在發抖。「分手。」

「薩比……」

「不要。」我說。我眼冒金星。我知道悲傷會非常、非常巨大，我不想感覺。憤怒比較短暫，就讓我原地燃燒。

他開始哭。「也許我們只是需要分開一段時間。」他說。

我看著他，目瞪口呆。我感覺他拿著刀刺我，而且一刀取走我的心肺。我沒說話，低頭看著雙手。我的手上戴著戒指，那枚美麗、甜蜜、嬌小的戒指，應該陪伴我們走過數十年，不只是幾個月的戒指。我的手顫抖著伸向戒指，拔下。我無法留著戒指，甚至無法看。

我把戒指還他。「當掉。」我說。我的聲音發抖。「你需要錢。」

我走回巴巴路易，拿了外套，走出餐廳。我們回到小屋，無聲地打包，然後開車回去城裡。我盯著車窗，雙手抱膝，過度麻木而哭不出來。

「這不是分手。」他說。「只是一些時間。我只是覺得我們需要分開一下。你不覺得嗎？薩比？」

我害怕他不在身邊，我當然害怕。但更令我害怕的是，我不在他身邊。那樣的平靜之中他會發現什麼。那會不會是他的幸福。

11:21 p.m.

奧黛麗和我仍在外面。我已經抽了三根菸，她正抽完第二根。

「我們該回去了。」她說，雖然我們兩人都沒有動作。我知道她說得對，是時候回去裡面，因為時間差不多了，而且現在我知道該怎麼做，只需要去做。

康拉德出現在門口。

「親愛的兩位。」他說。「繼續站在外面會感冒的。」

「真是體貼。」奧黛麗仍不想。她把菸熄在窗臺。「走吧？」

康拉德扶著門，我跟在奧黛麗後面進去。

「在外面談得如何？」托比亞問。他的聲音流露某種希望，某種令我心碎的童稚，而我知道他會那樣，是因為他以為有個出口，也許奧黛麗和我在夜晚的空氣中發現了。我要怎麼告訴他其實沒有，我找不到？生命不像我們愛的電影，而是某種永遠更加複雜的東西？

我尋找潔西卡，但她還在洗手間。羅伯捧著他的咖啡。

「我很抱歉。」我對羅伯說。我從他開始。

他放下咖啡，大吃一驚。

「我很遺憾你和媽媽分開，也很遺憾你們兩人失去小孩。你康復後既無法也沒有回來，我幾乎不認識你。我也很抱歉我沒有更努力去找你，還有我去找你的時候，我離開了，沒有去敲門。我不知道這麼做有沒有幫助，但我不希望你繼續煎熬。我想那對你沒有幫助，對我也沒有幫助。我不想背負你的後悔，某些方面而言，我變成那樣。不知道什麼時候開始，我背負你的後悔，可能恨你，可能覺得更接近你。我不知道。但我知道現在對我來說，那些太沉重，所以我必須還給你。」

羅伯坐直。我發誓他幾乎要伸出雙手。

「其實你也不用背負。」我說。「雖然我還給你，但你可以把後悔留在這裡。」

羅伯熱淚盈眶。「好。」他說。

我從椅子上站起來，因為我想抱抱他。不是為了讓他比較好過，而是想要感受他。我沒有任何擁抱父親的印象。我想像小的時候他抱著我，甚至輕搖哄我入睡。但我在路邊跌倒，擦傷膝蓋，他沒有扶我起來；我從腳踏車上摔下來，他也沒有幫我拍拍身上的塵土。他沒有讓我坐在他的肩膀，也沒有背我上樓。沒有在後院抱著我玩橄欖球遊戲，或讓我站在他的腳上，父女一起跳雙人舞。而且我知道，就算我要求也不會有，我知道我沒有辦法得到，就像遺失在海裡的貝殼。但我想要知道在他懷裡是什麼感覺，讓他疼愛，就這麼一次。

「爸。」我說。他似乎知道，於是他起身，然後擁抱我。他聞起來就像他，倒不是我還記得，而是就像我期待的味道，這就足以讓我哭倒在他的肩膀。他一手放在我的背，一手放在我的頭。我知道他這樣做過很多次——和他的女兒。而我很清楚一個事實，我們只有一次，今天這次。沒了。這麼做也許不能彌補任何事情，但可以阻止未來的傷痛，也許還能賦予某種平靜。

他後退，雙手扶著我。「你剛才做的事情很不容易。」他說。「表示你是個堅強的女人。你母親把你教得很好。」

我親吻他的臉頰。我不知道他會不會記得這些，不管他接下來要去哪裡。我想他會。我如此希望。

我坐下。桌子對面，康拉德和奧黛麗對我微笑，彷彿驕傲的父母。

潔西卡回到座位。「這個東西如果沒有充飽電，就要弄很久。」她說，一邊把擠奶器放回包包。「我錯過什麼？」

羅伯對我微笑。他看起來比今晚稍早較為強壯。不知怎麼，我為此感到驕傲。

「我想我們該結帳了。」

在我旁邊的托比亞轉身。「我們呢？」他問。

康拉德把椅子往後推，打算叫服務生。奧黛麗的雙眼直盯著我。

我想起潔西卡的其中一句名言，也是我們住在一起的時候，一塊貼在冰箱上的磁鐵。

好事總在最後發生。

「寶貝。」我說。我已經好久沒有這麼說。我牽起他的手，握在我的掌心。我還沒開口，卻已淚流不止。「我們必須放手。時間到了。」

二十四

我們一從大巴靈頓回來，托比亞就去和麥提住。我不想去思考他、我們，或是分手的意義，所以我把注意力放在我們的過去。我重播我們的戀情，就像Youtube上的電視節目精彩回顧。我們在海灘、四周矗立的帆布。我們困在地鐵車廂。我們在床上吃義大利麵。回憶不斷堆疊、堆疊，如此之高，搖搖欲墜。

兩週內，托比亞和我沒有多少對話。偶爾幾通電話。他問我好不好，我不知道如何回答。很好，謝謝，只是墜入了海底。我們針對實際的事情傳訊息，像是錢、共有的東西。有時候我們說「我想你」。最重要的，我們沒有見面。

我不覺得我們彼此知道對方在做什麼。永遠分手似乎不可能，但我們分開越久，越覺得在一起也同樣不可能。這件事情之後，我們要如何回到我們的生活、我們的感情、我們的公寓？我們要如何繼續生活？我們停滯不前，而且我們停滯不前很久了。

麥提來拿托比亞的東西時，我穿著浴袍開門。那已經是我的慣例——下班回家，換上浴袍，看《追愛總動員》，直到眼皮沉重然後睡著。

「你看起來糟透了。」他對我說。

「在臥房。」我說。我走進去，從地板拿起箱子。裡頭裝的多半是衣服和幾樣托比亞問我能不能「借用」的廚房用品。我把箱子塞給麥提。

「你吃晚飯了嗎？」他問我。我搖頭。

「來吧，我帶你出去。」

我們沒去很遠的地方，就在附近，一間以前三人一起去過多次的拉麵店。但我也得穿上牛仔褲、毛衣，擦點唇蜜。

「你美呆了。」我出現的時候麥提說。

「諷刺一向不是你的長項。」我告訴他。

「誰說我在諷刺？」

我們在櫃檯點了兩碗麵和一瓶白酒。他們的酒不貴而且總是不錯。我呼嚕呼嚕吃麵的時候，麥提倒了酒。

「還好嗎？」他問。

「好多了。」我說。我記不得上次好好吃飯是什麼時候。我拉上牛仔褲的時候，褲子鬆垮地掛在臀部。

「他還住在你那裡嗎？」我問托比亞，但他沒說。我猜是如此。

麥提點頭。「對，但我有空房。」他在布魯克林高地買了兩房的公寓，比之前中城的閣樓低調許多。那是一棟戰前建築，兩層公寓的二樓。天花板比一般要高，有頂冠裝飾，我很喜歡，而且有整面的落地窗正對街上的行道樹。

「他永遠不會改變。」我說。我喝光我的酒，麥提又倒。

「他會。」他說。「每個人都會變。而且你知道嗎？也許錯就錯在你們認為必須為對方改變。」

我轉頭看著他。我認識他的這段時間，他已經長大了。他從興奮的幼犬成為熱情的男人，個性影響了他的外在。他穿得像個成年人。他很成功。我為他高興。

「我不知道。」我說。

「你會懂的。」他說。我又想起上次只有我們兩人的晚餐。我不好奇他心裡是否想著「我早就告訴你了」。我知道他是。

麥提送我回家。他拿起那個小箱子，放進車裡。他擁抱我。「保重。」他說。「需要什麼就打給我。」

我上樓，撥了潔西卡的號碼。我還不想告訴她。事實上，從大巴靈頓回來我就一直迴避她的電話。我知道我終究要告訴她——如果托比亞還沒告訴她，但我想他不會說。她找不到我的時候會試著找托比亞，但我不覺得現在的情況他會接她的電話。其實，我很驚訝，她竟然鍥而不捨地找我。她打了好幾通。

我拉了一個枕頭到大腿，坐在高腳椅上回電。那把椅子曾是我們的椅子，然後是我的，又是托比亞的，我猜現在是我的。

「嗨。」她說。「終於。我以為你死了。」

「沒有。」我說。「我人在這。」

「我一直試著聯絡你。」她說。

「我知道。我很抱歉，潔——」

「等等，有一件事。我想當面告訴你，但是我開始出現跡象，就是……我懷孕了。」

我的腦中忽然閃過我們在我們的第一間公寓，兩人擠在水槽旁邊，想要辨識驗孕棒——她的。當時她和蘇密爾已經在一起幾年，但我們只有二十二歲，還沒準備生小孩。是陰性，然後我們大叫，跳來跳去。

真正不變的是改變。

「天哪！」我說。「我真為你高興。」我是真心的。我知道她想要，對於當時的她，我只知道這個。我想不起來她在康乃狄克的生活。她是什麼樣的人，似乎隨著時間消失。我感覺她依然認識我，但只是因為我依然是過去的我——也許那樣並不公平。「幾個月了？」我問。

「四個月。」她說。她入秋就懷孕了，八月。

「你好嗎？」她問。

我大可告訴他，但我沒有。我告訴自己，因為我不想破壞她的喜悅，但其實不是，不完全是。而是因為這麼難過的我不相信她，而這點讓我感到傷心——也許更傷心，比起對於托比亞。

「還好。」我說。「你知道的，工作。」

「快約見面。」她說。「我馬上就會超胖，大概一秒以內。我的褲子已經穿不下了。」她的聲音隱含某種訊息……像是渴望？懷念？我想相信她話中的語調。我想你。

「我知道你一定容光煥發。」我說。「我也想見面。」

「薩比。」潔西卡說。她很久沒有叫我小名了。「我希望不是男孩。」

我大笑，她也是。感覺很好，即使透過電話。

「我們下個週末聚聚吧。」她說。「或是再下個週末。」

「沒問題。」我們掛掉電話。後來，當她問我當時為何什麼也沒說，我告訴她實話：我怕你會告訴我，那樣才是最好。

11:32 p.m.

聽到我暗示道別，托比亞把椅子往後推，站了起來。他沒說話，只是走到窗邊。康拉德對著我挑起眉毛，但潔西卡已經起身，跟著托比亞走向窗邊。他們並肩站著。我發現奧黛麗也隔著桌子看我，他們要我按兵不動，於是我照做。

我不太想說話，其他人也保持沉默，奧黛麗要了杯開水。服務生清理我們剩下的盤子。他把帳單遞給我，儘管康拉德抗議，我還是拿出信用卡。我想付錢。畢竟，這是我的晚餐派對。

我抬頭看時鐘，秒針持續跳動，像個行軍進入戰場的士兵。我想起一些事情，像相機的閃光燈，關於當我還是個寶寶，我的父親對著我唱歌，在廚房跟著節拍踏步。

我讓我的妻子和四十八個孩子獨自在廚房挨餓，

除了薑餅什麼也沒得吃。

左。左。左、右、左。

直到聽見我父親的聲音，我才發現自己在唱歌。他和我一起唱。左。左。左、右、左。接著康拉德加入。他宏亮、低沉的聲音充滿餐廳，而我很高興，除了洗碗的人和服務生，此時只剩我們。奧黛麗也加入，於是我們四人合唱。

「要是你認真想想，這真是首糟糕的兒歌。」奧黛麗打斷我們的節奏。

「對我來說尤其是。」羅伯說。「雖然我確實記得很清楚，我教你唱這首歌。」

「兒歌全都很糟。」康拉德說。「『瑪麗、瑪麗，反轉不易』是在說瑪麗皇后殺人的天性。[12]

「還有一首有井的。」奧黛麗說。

「有井？」康拉德說。「我不記得哪一首有井。」

奧黛麗皺眉。「我感到些許不適。」她說。「必定是那些酒。」她抬頭瞄牆上的時鐘，我感覺胃裡一緊。我望著潔西卡與托比亞。沒時間了，沒時間了，沒時間了。

我再也無法忍耐，站起來走向他們。

12 這首英國兒歌其中一種歌詞詮釋，指涉瑪麗為英格蘭女王瑪麗一世，又稱血腥瑪麗。父親亨利八世改立英國國教後，她試圖反轉英國國教為原本的天主教。而殺人的部分則是將後面的歌詞 pretty maids all in a row，詮釋為殺害威脅瑪麗王位的 Lady Jane Grey。

「這裡還好嗎？」我問。

潔西卡看著托比亞。「呃……他死了，而且看來他還是會維持那樣，所以不好。」

托比亞聽了開始笑。我已經好久沒有聽見他的笑聲，比他過世的時間還久。

潔西卡把手搭在我的肩膀。「我還在這裡。」她說。「我們會解決的，我們有時間。」

她捏捏我的肩膀，拍拍托比亞的胸口，然後回到餐桌。

「我希望我能帶你離開這裡。」他說。他看著窗外，而非看著我。看著經過的計程車和幾個流連在人行道的人。城市在外頭旋轉，不知不覺。

「我們要去哪裡？」我問。

「也許走到西城公路？」他說。「我們可以沿著河走。」

「還不夠遠。」我過去和他並肩站在一起。

「你說得對。我們從沒去過墨西哥，或巴黎，或關島。」他說。「我很後悔。」

「別。」我說。「別再後悔。」

我把手放在他的肩膀。

「我現在會怎麼樣？」他問我。我轉過去看著他，看見眼睛周圍起伏的恐懼。

「我不知道。」我說。「我希望我知道。但是，我想你不會在你原來待的地方。我想你會……」我的聲音分岔，而他的答案填補這個空白。

不好。」

「離開。」他說。

我的臉頰濕潺。我止不住哭泣。「沒有更多時間了。」

他點頭。他也濕了眼眶。「我很抱歉。」他說。「我們在一起是那麼好，但其他卻那麼

「其他卻很重要。」我說。「我想，比我們瞭解得重要。」

他點頭。「我們一定會在這裡結束嗎？」他問。

我想想我們經歷的十年，整個十年今晚在我們面前攤開。

「我不知道。」我說。「但我們確實結束了。現在那才重要。」

他捧著我的臉。「我愛你。」他說。「永遠。」

注定在一起。我曾經這麼看待我們。我們注定在一起。星星連成一線讓我們相會。我從

沒想過我們的命運可能不是永遠。

二十五

事情發生在星期六。我在家洗衣服，打算下午去潔西卡家。我們要提早去吃晚餐，因為她說現在她七點就累了。我要去看她的肚子。我已經一個月沒見托比亞，自從那天他開車送我回來。

現在是十二月初，我們悄悄邁入冬季。整個城市掛滿聖誕節的燈飾。布魯明戴（Bloomingdale）、波道夫（Bergdorf）、巴尼斯（Barneys）等百貨公司已經換上應景的櫥窗，而且欣賞這些裝飾就是以前我和潔西卡一起做的事。我們會在第三大道的偶然力（Serendipity）買杯熱巧克力，然後步行漫遊整個城市，造訪所有百貨公司。有時我們甚至一路走到羅德與泰勒（Lord and Taylor）。我們從沒踏進那些百貨公司；我們窮死了。我們只是看看櫥窗——旋轉的金銀碎紙、等身的糖果枴杖、冬季的仙境造景。

我聽見的時候，正在折托比亞的襯衫。那是一件ＵＣＬＡ的舊襯衫，柔軟的棉質，我睡覺的時候會蓋著。他沒帶走，而麥提來拿更多衣服的時候，我故意保留那件。

我聽見輪胎刺耳摩擦，金屬哐啷作響，以及玻璃應聲破碎。噪音穿過我緊閉的窗戶，我跑過去看下面的街道。有人被撞了，很明顯。外面的人大叫。我從床上抓了羽絨背心，跑下樓到街上。

我還沒踏出門口就看見他。只看到一條腿，在車子右邊。那是他的鞋子。那雙鞋底磨損的馬丁大夫。我去到哪裡都認得。我衝過去。

他的身體一半在車子底下。後來那個駕駛會說他突然跑出來，衝到大街中央。但現在他的身體血肉模糊。他的肩膀被壓碎，他的腿彎曲成不可能的角度。

「叫救護車！」我尖叫。我在他的身邊彎下。他的身體溫熱。我可以聞到他的味道，香菸和蜂蜜的味道。我捧著他的頭，雙手不動。「沒事，沒事。」我反覆耳語。我低下頭靠近他的嘴巴，尋找氣息。我找不到。腎上腺素在你身上的作用真的很奇怪。我要復原、矯正。衝擊的當下我們以為有可能回到過去。我們如此接近前一分鐘；只是把時鐘往回轉會有多難？只是快快取消剛才發生的事？

我保持不動，我的臉貼著他的臉，直到急救人員抵達。把他從車底下解救出來是件複雜的工作，而且他們不止一次拉扯他的四肢，但我沒有別過眼神。我有種感覺，如果我的眼睛不再與他相接，即使是一秒，他就會不見。他唯一還在的理由就是我也在。*求你，留在我身邊。*

我和他一起上了救護車。我必定在某個時候打了電話給潔西卡，雖然我並不記得。我記得他立刻被送進開刀房，而且我記得幾個小時之後，醫生出來，她也在場。很抱歉，我們盡力了。傷得太嚴重。

他再也沒有醒來。

潔西卡在我身邊哭了起來，但我的腦中一片空白。就像空曠的白色房間，不見門的痕跡。我想見他，但是他們說我不能。只有家屬。但我是啊。我們在一起九年。我是他唯一的家屬，而且他需要我，即使他已經不在了。

「我們必須打電話給他的父母。」潔西卡說。我只知道他們住在俄亥俄州，有一次帶我們去時代廣場的橄欖園吃飯。

我在醫院的等待室坐下。我不想離開。我要去哪裡？

我在我的手機找到他們的電話號碼。他的母親在第三聲的時候接了起來。我數了。我告訴她出了意外。她一直對我說她很遺憾，彷彿我才是那個失去什麼的人。也許那是她的防衛機制，相信我失去更多，能夠承擔更多重量。後來我發現他從沒告訴她，我們已經分開一段時間。

她說他們會搭下一班飛機過來。她說我們需要舉辦喪禮。她說到那個詞的時候哽咽。我知不知道要去哪裡買花？

我們出去的時候，他們給我他的私人物品。一個密封的塑膠袋。我沒有勇氣打開袋子。

「我們得走了。」潔西卡說。

「不。」我說。「我們不能。我們不能離開他。」我開始尖叫，抽噎的聲音撕裂我的身體。「我們不能離開。」

潔西卡抱著我，她的孕肚夾在我們之間。「好。」她說。「我們留下。」

我們坐在醫院的等待室直到凌晨三點。潔西卡帶我回家，陪著我，直到隔天托比亞的父母抵達。我看見他的父親，再度崩潰。

托比亞對我說的最後一件事情是在電話中。「你知道我的電信公司密碼嗎？我要換方案。」

我告訴他，我會看看我的密碼資料夾裡有沒有，有的話會傳訊給他。

「薩比？」他問。

「嗯？」

「五個。」

「累。」我說了，然後掛掉。

11:47 p.m.

托比亞和我回到餐桌。奧黛麗逐漸透露煩躁。我的父親一臉疲態。康拉德在打呵欠，而且輕拍胸口，彷彿準備拿著威士忌，蜷曲在壁爐旁邊，接著閉上雙眼。

「謝謝你們。」我說。「我完全不知道這頓晚餐是怎麼來的，但我還是很高興。我希望這是真的。」

「是真的。」潔西卡說。「我的胸部不會說謊。」她指著她的襯衫，上面有一層乾掉的奶水薄片。「還有，」她說，「為何不是？」

我感覺我的心朝著她的心拉近，潔西卡．貝迪，我最好的朋友。在那顆心的深處，在她生活的裝飾底下，是一個依然相信魔法的女人。

任何事都有可能。

「我敢說是真的。」康拉德說。「我已經稍微開始宿醉。」

「你該不會還要自己回去？」奧黛麗問他。忽然之間，她似乎擔心起來。

「也許。」康拉德說。「但我知道怎麼叫計程車。」

我環顧餐桌。這頓晚餐的開頭，提醒我所有的失落，但現在我看著他們，內心只有深深的感謝。謝謝從不停止愛我的父親；謝謝給予整個世代優雅形象的電影明星，她今晚也撥冗陪伴我們；謝謝激勵學生的教授；謝謝還在這裡的閨密。

「謝謝你們。」我說。

康拉德點頭。潔西卡清清喉嚨。奧黛麗從桌子另一端送來最可愛的飛吻。

「那麼，走吧？」奧黛麗說。「時間差不多了。」

我抬頭看看時鐘，距離十二點還有十二分鐘。

「我們應該怎麼走？」我問大家。

康拉德雙手一拍。「我先。」他說。他把椅子往後推，然後站起來，調整一下西裝外套。「我期待這禮拜會收到一封很長的電郵，也許再來一通電話。我會等待。」

「沒問題。謝謝你來。」我告訴他。「你幫了很多忙。」

他把注意力轉向似乎不知道該坐還是該站的奧黛麗。康拉德牽起她的手。「赫本小姐，這是我天大的榮幸。」他說，接著輕輕親吻她的手。

「噢。」她說。「噢。」

康拉德握握羅伯的手，拍拍托比亞的背，對著大家做出敬禮的手勢。他走出門外。我看著他的輪廓，直到消失在街尾。

下一個是奧黛麗。她起身，把她小小的香奈兒毛衣環繞在肩膀。「外面變冷了。」她說。少了康拉德，她現在似乎有點緊張，而我不由得喜愛她，她在這裡待到最後。

「與你共進晚餐真是光榮。」我父親說。他站在她旁邊。「我送你出去。」他回頭看我。我想要告訴他，我還沒準備好，這應該是開始，不是結束，但我們的時間到了。

「薩賓娜，今晚能夠更加認識你，我很感謝。」他說。「我想說我很驕傲，但幾乎不是我的功勞。」

「就說吧。」我告訴他。

他走過來，傾身向前，靠在我的耳朵旁邊。

「我的女兒。」他說，語氣像在品嚐這個詞的滋味。他親吻我的臉頰，然後和奧黛麗一起出門，步入晚風之中。

「還有三個。」潔西卡說。

「總是這三個。」托比亞說。

潔西卡笑了。「我走了。」她看看手錶。「寶寶四十五分鐘內就會醒了。也許我會餵個奶。」她把包包甩過肩膀。「我晚點打給你，好嗎？」她說。

「好。嘿，潔……」

「嗯哼？」

「謝謝你今晚過來。」

「這是我們的傳統，對吧？」她說。「雖然明年會很麻煩。我還真不確定可以持續這個傳統。」她轉向托比亞。「保重，好嗎？」她的手搭著他的手臂。我看見她的眼眶充滿淚水。

「我沒地方去，只能上天堂。」那是笑話，但沒有人笑。

「再見。」她說完後離去。門上的鈴鐺在她身後響起。

「剩我們了。」托比亞轉向我。「我們散散步好嗎？」他問。

我看著時鐘，我們還有六分鐘。

「好啊。」我說。

我們穿上外套。托比亞幫我開門，接著我們走出餐廳。白色的籐編長椅安然放在門邊。我希望我們可以坐在那裡，即使只是多出五分鐘。

「我送你回家。」他說。

「我們走不到的。」我說。

「不管。」他說，於是我們往家的方向去。

二十六

我花了一個星期才打開醫院給我的私人物品袋。

我們在星期天舉辦喪禮，地點是公園坡的教堂，就是我們原本打算舉辦婚禮的地方。托比亞的父母買了貝果，潔西卡寫了詩並朗讀。我們都穿上彩色的衣服，因為我想，當你不想保持清醒，想要慶祝生命的時候，就會穿著彩色。但我在服喪。我穿著紅色洋裝，那是托比亞喜歡的洋裝，但我的內心一片漆黑。

麥提過來坐在我身旁，接著我們在城裡走了十二個小時，幾乎沒說話。他似乎理解，沒有任何適合的話可說，所以省了下來。我們一起沉浸在悲傷，而那很重要。我很感謝，和某個真正懂他的人一起。

回到家後，我坐在我們臥室的地板，從牛皮紙袋倒出那個塑膠袋。我深呼吸，握著袋子，彷彿準備跳進水裡。裡面是他的手機、錢包、地鐵卡，還有一個戒指盒。我立刻打開，但不是我還他的那枚，是我們看到的第一枚。我們有些爭執、太貴的那枚。他回去買了。

那個念頭至今依舊太過灼熱而無法去想，彷彿如果我放任，就會被生吞活剝——他來我家街角。那個司機說，他突然跑出來。

他是在奔向我。而現在，我知道，他奔跑前來，口袋裝著這枚戒指。這只代表一件事情，他來挽回我。我們分開的時間結束，因為他決定，他要我們在一起。

我的心揪得好緊。我以為我一定會死在他身邊。那一刻，我確實想。因為另一條路太過殘酷。清清楚楚，知道他是來挽回，知道他已經存夠錢，應該是在我們分開的時候，而且買了這枚戒指，我們看上的第一枚。然後他要再次承諾，更大的承諾。我不知道如何抱著這個想法活下去。

戒指很美，如同我的記憶。我把戒指從黑色的絨布底座取下，戴在手上。尺寸正好。戒指映照午後的太陽，熠熠生輝。反射的光線四處流洩，在我底下的木質地板，在白色的牆壁。「好美。」我說出聲。

我無法解釋原因，當下，我想著那枚金色的戒指怎麼了。他是否拿回去和英格麗交換？他當掉了嗎？或者埋在他的東西底下？麥提還沒整理他的東西。我們說要一起整理，但我不知道我們兩人何時才會準備好，或有沒有可能準備好。想到折疊他的牛仔褲，拿下他的襯衫，整理他的照片？不可能。

我整天戴著那枚戒指，然後放回盒子，藏在床底，從前放他照片的地方。

12:00 a.m.

托比亞停下，我們兩人都沒有說任何話。此時此刻，輪到我們。

「嗯。」他說。我們還沒到家，但有一個問題我還沒問。整個晚上我都在等著問他這個問題，從四個小時前我們抵達這頓晚餐開始。這是唯一剩下的問題，但我當然知道答案，不是嗎？即使如此，我還是需要聽到他說。

「你那天為什麼會在那裡？」

他吐氣，然後點頭，好像知道這個問題會來，他當然知道。「我打算再次求婚。」他說。「訂下日期，打電話給我們的父母，辦場『盛大』的婚禮。」他微笑，而且輕輕笑出聲來。「我要對的戒指。」

我想起那天我們在店裡爭執，他的自尊受創的樣子。「我們買的那枚戒指很美。」我說。

他的五官在月色中發光，而我在他身上看見那個在聖塔莫尼卡海灘、十九歲的小伙子。相貌英俊，對於即將面對的未來非常固執。「但不是對的戒指。」他說。「我當時沒搞懂。

我們一起選的那枚，那才是我們的。」

「對。」我說。

「你是我一生的至愛。」他說。「對我來說就是如此，但我不會是你的。」他不難過，一點都不。「我不希望我是。」

「托比亞。」我說。我又感到雙眼刺痛。

「不是永遠的，好嗎？」

我點頭。「好。」

「喏。」他說。「我希望你留著這個。」他把懷錶遞給我，曾經是我父親的，後來我給他的那只。

「這是禮物。」我說。

「依舊是。」他告訴我。「像羅伯說的，我帶不走。」

托比亞伸出手臂環繞我。我的臉埋進他的脖子，但我又睜開雙眼，因為我不希望看不到他，一秒都不希望。

「我沒告訴你。」他說。「我想起來了。」

我抬頭看他。「什麼？」

他停頓，彷彿要與我合而為一。他的雙眼在我的臉上飄移，彷彿慵懶的星期天下午，彷佛我們擁有全世界的時間凝視。

「你穿著紅色的坦克背心和牛仔短褲。你的頭髮披散，而且手臂一直在身體兩邊擺動。我以為你要去揍人。」

我想著我們兩人，站在沙灘，並不曉得當時，以及後來，我們生命已經交織在一起。

「那就是我看見的你。」他說。他對我輕輕敬禮，然後走了。

就那樣。他離開的時候不是忽然消失。我想像他走到角落的熟食店，買了一包香菸和一瓶雜牌的氣泡水。

我自己一人走完剩下的路程。我在包包底下一塊乾掉的口香糖和唇蜜旁邊找到鑰匙。我爬上樓梯回到公寓。屋裡一片漆黑，我打開燈。廚房的流理臺有些剩下的蛋糕，是一片糖霜巧克力蛋糕。我把包包放在蛋糕旁邊。

我走進臥房，從床底拿出一個鞋盒，翻閱裡面的東西——我和托比亞的相片、我們舊公寓的鑰匙、百老匯的節目單、電影票根，皺了的便利貼、戒指——直到找到我要的東西。是一封信，指名給我，來自亞莉珊卓．奈爾森，日期是二〇〇六年。我打開來看。

親愛的薩賓娜，

寫這封信給你很奇怪，雖然我想你讀著這封信更奇怪。我的名字是亞莉珊卓，我是你的妹妹。我們的父親都是羅伯．奈爾森。他告訴我你的名字，然後我查了你。你讀南加大，真的好酷。希望有天我也能讀那所學校，雖然我不確定我進得去。我現在只有八年級，而且成績不是很好，但我喜歡寫作。

我是姊姊，我有一個妹妹黛西，我們不是很合。所以有時候我在想我們兩人會處得如何，這讓我更想認識你。我猜這就是我為什麼寫信給你。

爸爸會說你的事情，不是常常，偶爾。我問他的時候他總是會說。他告訴我，從你小的時候他就沒見過你了，他說他不想打擾你現在的生活。我瞭解，但有時候我希望他做了。他是個好爸爸。想到你不知道，就讓我難過。

某天他告訴我一個你的故事。黛西在抱怨她的名字。她不喜歡。她覺得太女孩子。她現在很愛哥德風，整個人就是搖滾俏妞。她問他們為什麼取那個名字，於是我媽說（她的名字是珍奈特），因為她懷孕的時候，在醫院房間看到的第一樣東西就是雛菊。黛西覺得那很遜。總之晚餐後我問起你。我想知道他們為何幫你取名薩賓娜。那不是很怪嗎？我從來沒見過你。我只看過你很小的時候的照片。

他告訴我他很喜歡奧黛麗・赫本。他說那是他最喜歡的女演員。他和你媽第一次約會，就是帶她去看《龍鳳配》。當時在一家黑白電影院播放，他們買了爆米花和巧克力球——對了，他就愛那樣。他說得很詳細。他最喜歡奧黛麗的電影就是《龍鳳配》。他覺得那部電影的意思是，女英雄不是畏縮的紫羅蘭，她會出去尋找自己的人生，然後因此變得更堅強。他告訴我，他看見你的時候，心想那就是你會成為的女人。

我打賭他是對的。

愛你的亞莉珊卓

P.S. 如果你也想見面，請讓我知道。爸爸答應下禮拜帶我去聖塔莫尼卡的一個展覽。在海灘。也許我們可以在那裡碰面。

故事的開展有許多方式，而現在我看到這個故事開始成形。不同的故事，在從前只容納一件事情的空間。我把手錶和收據放進盒子，那是今晚的證明，十年的證明；曾經擁有，以後不再的證明。但是當我蓋上蓋子，卻闔不起來。旁邊有樣東西卡住了。我伸進手指摸索，直到找出卡住的東西。我拿出來，發現那是一張照片。不是托比亞的，不是我不見的，而是第一天，我們站在海灘面對的照片——小男孩與老鷹。那是一張不比明信片大的印刷。

我非常確定不是我買的，卻放在我的盒子裡。雙眼閉上的男孩站在展開的翅膀前方。他看起來就像十年前的樣子——正要遨翔。

我拿出筆，把照片翻到背面。我想著要寫什麼，有多少東西要說。二十四年。生日。橫越國家。工作、生活。起點，我心想。起點、起點、起點。

「親愛的亞莉珊卓，」我寫著，而且長久以來頭一次，我非常清楚我想說什麼。

致謝

謝謝我絕佳的編輯James Melia，他賦予我柔軟的空間，當我真正需要的時候可以降落，而且他令本書的過程非常愉悅。謝謝你和我一樣喜愛這些角色。

謝謝我超棒的文學經紀人Erin Malone，她是最嚴格的編輯，也是最棒的伴侶。我沒想過我會遇見你，感謝老天真的讓我遇見。還有，你永遠擺脫不了我。

謝謝我神奇的經理Dan Farah，你讓我做的每一件事情都更大、更好。這條路既殘忍又美麗，謝謝你陪伴我。我愛你。

謝謝Flatiron Books的每個人，尤其Bob Miller、Amy Einhorn、Marlena Bittner你們為薩賓娜創造最可愛、溫暖、活潑、刺激的天地。你們超棒！

謝謝我的電視經紀人David Stone，感謝他堅定的信念和絕地（Jedi）的技巧，當我們的大人。

謝謝Laura Bonner、Caitlin Mahoney、Matilda Forbes Watson保證這本書走遍各地。

謝謝Leila Sales、Lexa Hillyer、Jessica Rothenberg、Lauren Oliver無限的鼓勵、愛與人生相談。如果沒有我們創造的這個社團，我該何去何從？

謝謝Jen Smith，他是城裡最棒的成年雪巴人。我喜歡你。

謝謝Melissa Seligmann與我暢談我與我們的過去，又督促我要實踐我們的現在。

謝謝Jen Smith，永遠的死黨和第一位讀者，沒有你我會完蛋。

謝謝Raquel Johnson幫我擋了每通電話，而且眼睛瞎了一樣地愛我。寶貝，我們真是幸運。

謝謝Chris Fife與Bill Brown，帶著無比的熱情陪我度過難熬的一年。你們是我的天使。

謝謝《星光之戀》（*Famous in Love*）的演員，讓我第一次當了媽媽，我作夢也沒想過我會如此幸運。

謝謝我的父母，他們一直是我的北極星。還好我單身這麼久，否則我沒有東西可寫。你們是超棒的父母。

而且最後，獻給任何感到遭受命運或愛情背叛的女人。堅持下去，這不是你的故事結局。

藍小說 314

奇蹟晚餐

作　者—瑞貝卡・瑟爾
譯　者—胡訢諄
編　輯—張瑋庭
企　畫—劉育秀
美術設計—Bianco Tsai
內頁排版—極翔企業有限公司

副總編輯—嘉世強
董 事 長—趙政岷
出 版 者—時報文化出版企業股份有限公司
108019臺北市和平西路三段二四〇號三樓
發行專線—（〇二）二三〇六六八四二
讀者服務專線—〇八〇〇二三一七〇五・（〇二）二三〇四七一〇三
讀者服務傳真—（〇二）二三〇四六八五八
郵撥—一九三四四七二四時報文化出版公司
信箱—（一〇八九九）臺北華江橋郵局第九九信箱
時報悅讀網—http://www.readingtimes.com.tw
電子郵件信箱—liter@ readingtimes.com.tw
法律顧問—理律法律事務所　陳長文律師、李念祖律師
印　刷—勁達印刷有限公司
初版一刷—二〇二一年八月六日
定　價—新臺幣三八〇元
（缺頁或破損的書，請寄回更換）

時報文化出版公司成立於一九七五年，
並於一九九九年股票上櫃公開發行，於二〇〇八年脫離中時集團非屬旺中，
以「尊重智慧與創意的文化事業」為信念。

奇蹟晚餐 / 瑞貝卡・瑟爾 (Rebecca Serle) 著；胡訢諄譯 . – 初版 . –
臺北市：時報文化, 2021.8
面；　公分 . –（藍小說；314）
譯自：The Dinner List
ISBN 978-957-13-9285-1

874.57　　110012412

ISBN 978-957-13-9285-1
Printed in Taiwan